Kurzgeschichten

Ohne Jacke tanzen

oder

19 + 1 Kurzgeschichten lesen

von

Franja Zisker-Schneider

Bibliografische Information der Deutschen Nationalbibliothek: Die Deutsche Nationalbibliothek verzeichnet diese Publikation in der Deutschen Nationalbibliografie; detaillierte bibliografische Daten sind im Internet über dnb.dnb.de abrufbar.

Deutschsprachige Erstauflage

Umschlaggestaltung: M. Jonathan Minnich und F. Zisker-Schneider
Coverfiguren: Copyright © F. Zisker-Schneider
Herstellung und Verlag: BoD – Books on Demand, Norderstedt

ISBN 9783750451384

Inhaltsverzeichnis

Finn

„Weißt du, Finn", säuselte Ute mit ihrem wein-
geschwängerten Körper in seine Richtung, „mein Leben
könnte gerade nicht besser laufen." Finn ließ sich träge auf
dem mausgrauen Sofa nieder und streckte sich genüsslich.
Er kannte derlei Abende bereits und wusste, dass er sich
auf lange Monologe von Ute einzustellen hatte. Die
Fenster waren gekippt und der frische Wind, der sich
durch den Fensterspalt quälte, vertrieb allmählich die im
Zimmer aufgestaute Wärme dieses vor Hitze flirrenden
Sommertages, der sich letztlich mit einem wohltuenden,
erfrischenden Gewitter zu Ende geneigt hatte.
„Wir zwei wohnen jetzt übrigens schon seit zwei Jahren
zusammen, bist du dir eigentlich im Klaren darüber? Nein,
das stimmt so nicht. Wir wohnen seit zwei Jahren *glücklich*
zusammen. Einen besseren Mitbewohner und Freund
kann ich mir gar nicht vorstellen." Liebevoll ruhte Utes
Blick auf Finn, sie rutschte näher an ihn heran, um sanft
seinen Kopf zu streicheln. Ihre Bewegungen waren
allerdings durch den bereits getrunkenen Wein etwas
schwerfällig und linkisch, was das sanfte Streicheln zu
einem unbeholfenen Kopftätscheln verkommen ließ; doch
Finn störte sich nicht daran, war er doch diese kleineren
grobmotorischen Entgleisungen von Ute bereits gewohnt.

Finn sah ihr unverwandt in die Augen, weshalb sich Ute bestärkt darin sah, weiterzusprechen.

„Ich weiß noch, als ich dich zum ersten Mal gesehen habe. Du hast sofort mein Herz im Sturm erobert…" Er dachte an den Tag, als er verlassen bei strömendem Regen draußen auf der Straße herumtigerte, ohne so recht zu wissen, wo er hin sollte. Schließlich hatte Ute plötzlich vor ihm gestanden und seine Not sofort erkannt. An Utes entrücktem Gesichtsausdruck erkannte Finn, dass sie sich ebenfalls den Tag ihrer ersten Begegnung in Erinnerung rief; für ihre Hilfe müsste er ihr auf ewig zu Dank verpflichtet sein… eigentlich. Mit einem Seufzen kehrte Ute jäh zurück in die Gegenwart und der gerade noch verzückte Gesichtsausdruck entschwand. Mit etwas Mühe kämpfte sich Ute in eine aufrechte Sitzposition, um so an die Rotweinflasche, die sich auf dem niedrigen Wohnzimmertisch befand, zu gelangen. Zunächst wollte sie ihr ausgetrunkenes Glas befüllen, ehe sie sich im letzten Augenblick besann und direkt einen kräftigen Zug aus der Flasche nahm. Verschmitzt grinsend wie ein junges Schulmädchen, zwinkerte sie rotbackig in Finns Richtung: „Es ist Wochenende. Da darf man das."

Nur war seit geraumer Zeit anscheinend jeder x-beliebige Tag einer von jenen Tagen, an denen man so etwas durfte; nicht nur am Wochenende.

„In der Arbeit läuft es auch gerade erstklassig. Mein Chef will mich am Montag in seinem Büro sehen, dabei hatte er einen ganz ernsten Blick… Finn, garantiert, ich hab's im Gefühl, da steht eine Beförderung bevor. So hart, wie ich die letzten Wochen gearbeitet habe. Das macht mir im Büro so schnell keiner nach."

Ob es die anderen auch bereits rochen? Ihr Atmen, obschon sie eifrig an Pfefferminzbonbons lutschte, beinhaltete immer diese schwache Note von schalem Alkoholgeruch, der ihr mittlerweile so zu eigen war, dass Finn gar nicht mehr recht wusste, welchen Duft Ute eigentlich verströmte. Seit Kurt ausgezogen war, war wirklich nichts mehr, wie es zuvor gewesen war. Das grobschlächtige Gesicht, die rauen Hände und dann diese unsagbar freundlichen, warmen Augen. Auch wenn man Kurt nie als besonders gutaussehend bezeichnet hätte, konnte man nicht umhin, ihn zu mögen.

„Und dann Sabine und Margot erst! Die zwei Mädels aus meinem Büro. Sie wollen jetzt unbedingt… unbedingt haben sie gesagt… mal mit mir was unternehmen… aber ich weiß nicht recht, ich habe immer so viele Termine…. Freizeittermine meine ich…. so unendlich viele, viele, viele Termine. Ich weiß schon gar nicht mehr, wo ich zuerst hin soll."

Deshalb verbrachte sie also seit Monaten jeden Abend mit mir hier in der Wohnung, dachte Finn bei sich. Mit der für Finn so typischen Eleganz sprang er vom Sofa und näherte sich leise schnurrend mit geschmeidigem Gang seinem Futternapf.

Das Klassentreffen

Sie war rundlicher, als er sie in Erinnerung hatte. Nicht auf diese unvorteilhafte Weise; ihr Körper war weicher geformt, sanft und federnd, gefüllt mit einer ursprünglichen Kraft. Doch ihr einst so unbeschwerter Augenaufschlag hatte nun etwas Schweres und Drückendes an sich, als hätte sie seit damals 1000 Kriege erlebt, an vorderster Front gekämpft und gelitten. Ihre bunt gemusterte Bluse spannte etwas um den volleren Busen und ihr Bauch bebte leicht, als sie über Anekdoten lachte, die in einem anderen Leben stattgefunden hatten.

Kinder waren sie gewesen, als sie sich das letzte Mal gesehen hatten. Zugeprostet hatten sie sich mit feierlichen, ernsten Gesichtern in zerknitterten, billigen Anzügen, während sie begannen, auf das wahre Leben zu warten. Manche warteten bis heute; sie hatten es schlichtweg verpasst. Es war wohl gerade mit überhöhter Geschwindigkeit an ihnen vorbeigerauscht, als sie damit beschäftigt gewesen waren, in ihren Vorgärten Buchsbäume anzupflanzen und Brennnesseln zu bekämpfen.

Wie aufs Stichwort hatte er sich zu ihnen an den runden Tisch gesellt, gerade als sein Name fiel. „Als Jonathan die alte Schuster zur Weißglut getrieben hat, weil er ihr ständig die Kreide aus ihrer Schultasche geklaut hat." Mehr schlecht als recht wurde Frau Schusters penetrantes

Gekreische in Anbetracht ihrer entwürdigenden Behandlung seitens der 32 aufsässigen Siebtklässler unter lautem Gejohle nachgeahmt. Jonathan selbst grinste nur verlegen, nickte in die Runde, bis sein Blick an ihrer weichen Form hängengeblieben war. Tränen hatte sie noch vor Lachen in den Augen, die sie mit der linken Hand wegwischte. Mit ihrer rechten Hand nestelte sie währenddessen nach ihrer schwarzen Strickjacke, welche leblos über ihrer Stuhllehne hing. Sie fröstelte etwas und zog beim Überstreifen der Jacke ihre Augenbrauen konzentriert zusammen. Ganz so, als hätte ihr dieser kurze Ausflug in eine unbeschwerte Zeit plötzlich Kummer bereitet, weil er nichts mit ihrem Leben im Hier und Jetzt zu tun hatte, sondern nur noch wie ein kleiner, grauer Schatten an ihren Sohlen klebte und es lediglich eine Frage der Zeit war, bis sie ihn endgültig abgeschüttelt hatte.

Er war so verliebt in sie gewesen. Damals. Vor Urzeiten. Ihr schweres, duftendes Haar trug sie heute kürzer geschnitten und die Verletzlichkeit, die damals aus jeder Pore ihres Körpers geströmt war, war nun etwas Erdigem, Reifem gewichen. Nach einem Augenblick der peinlichen Erkenntnis, dass er sie schon viel zu lange angestarrt hatte, wandte er seinen Blick ab und blickte zu Boden.

Nach all den Jahren, nach dieser Ewigkeit hatte sie immer noch diese magnetische Wirkung auf ihn, die ihm einerseits einen freudigen Schauer über den Rücken laufen ließ, aber ihm andererseits auch Angst einjagte.

Jörg gab mit seiner eindringlichen Stimme, die ihm schon damals jede Aufmerksamkeit garantiert hatte, noch ein paar Geschichten vom Mathelehrer Laurer zum Besten, als die Ersten bereits Anstalten machten, nun den Nachhauseweg antreten zu wollen. Kaum waren diese weg und der Kreis kleiner und intimer, legte Jörg seine Kalauer-Manier ab und stattdessen sein ernstes Wesen an. Es trat plötzlich Stille ein. Nicht diese unangenehme Stille, sondern eine Ruhe, wie sie zwischen Menschen entsteht, die durch ein feines Band für immer miteinander verwoben sind. Jeder der fünf Freunde hing seinen Gedanken nach, hin und wieder am Rotweinglas nippend, und es war, als wären sie nie voneinander getrennt gewesen. Beginnende Halbglatzen und erste Bierbauchansätze schienen für den Bruchteil einer kleinen Ewigkeit vergessen und Jonathan war, als hätte er wieder dieselben unverbrauchten, frischen Gesichter vor sich, mit denen er damals zum ersten Mal in der Gartenlaube von Onkel Max Absinth getrunken hatte.

Jörg durchschnitt diese feierliche Eintracht mit flüsternden Worten, fast so, als würden sie nur leise tanzend seinem Mund entweichen: „Wäre schön, wenn er hier wäre." Als hätten alle das Gleiche gedacht, bewegten sich ihre Köpfe nur sachte nickend.

„Es ist mir immer noch unbegreiflich… dass er einfach so gegangen ist."

„Gegangen?" Bitterkeit schwang in ihrer samtigen Stimme mit. Sie straffte ihre Strickjacke, zog sie enger um sich, ganz so, als würde die Jacke sie vor den Unwägbarkeiten des Lebens schützen.

Schade, Jonathan hatte so gehofft, sie hätte ihm mittlerweile verziehen.

„Oh nein… er ist nicht einfach so gegangen. Jonathan hat

14

sich das Leben genommen. Aus freien Stücken. Mit gerade mal 19 Jahren…" Ihre Stimme brach, als sie sich abwandte.

Löblichs Hoffnung

Herr Löblich war völlig außer sich, als er an diesem trüben Novembermorgen den Telefonhörer seines altmodischen Telefons in die Hand nahm, zitternd die Nummer wählte und wohlwissend, dass dies seine letzte Chance war, wartete, bis sich jemand am anderen Ende der Leitung erbarmte, abzuheben. Die freundliche Frauenstimme zwitscherte mit ausgesprochener Gelassenheit die täglich angewandte Floskel in den Apparat: „Fundbüro Morgenstadt, Klara Brecht mein Name, was kann ich für Sie tun?"

Nervös zwirbelte Löblich mit seiner freien rechten Hand an seinem Schnurrbart. „Löblich hier, guten Tag. Mir ist etwas sehr Wichtiges abhandengekommen. Nun möchte ich wissen, ob Sie in der Lage sind, mir zu helfen. Doch ich befürchte fast, es ist aussichtslos."

„Was haben Sie denn verloren?"

„Meine Hoffnung. Ich habe meine Hoffnung verloren und kann sie nirgendwo mehr finden." Für einen kurzen Moment herrschte absolute Stille und Löblich meinte schon, Fräulein Brecht habe aufgelegt, als er ein leises Räuspern ihrerseits vernahm.

„Nun… also, Sie haben Ihre Hoffnung verloren… Haben Sie denn auch wirklich überall gesucht?"

Ungehalten wie er war, konnte er seinen aufsteigenden Ärger kaum unterdrücken: „Na, was glauben Sie wohl, Fräulein? Natürlich habe ich schon überall gesucht. Ich war auf dem Dachboden und im Keller, habe dort alles mit Gründlichkeit und Akkuratesse abgesucht, jedoch vergebens."

Stunden hatte er dort verbracht. Der unaufgeräumte Keller war ihm ja schon seit Jahren ein Dorn im Auge gewesen, doch Gabriele war ja nie auf seinen Vorschlag, endlich fein säuberlich die Kellerräume zu entstauben, zu putzen und zu entrümpeln, eingegangen. „Das Leben spielt sich nicht im Keller ab." So einfach hatte sie seine Bedenken weggewischt. Und nun musste er zusehen, wie er dem völligen Durcheinander Herr wurde. Auch um den Dachboden war es nicht viel besser bestellt gewesen. „Das Leben spielt sich nicht auf dem Dachboden ab." Auch dort hatte er im Zuge seiner Suche nach der Hoffnung endlich Klarschiff gemacht, doch auch hier war er nicht fündig geworden.

„Außerdem", setzte Löblich seinen Bericht fort, „bin ich gestern eigens noch einmal in das heimische Uhrenmuseum gefahren. Dort verbringe ich meine freien Nachmittage. Ich dachte, sie sei mir dort vielleicht aus meiner Manteltasche gefallen, aber sie war nirgendwo zu finden."

„Ich verstehe. Das ist natürlich sehr bedauerlich… Können Sie sich denn erinnern, wann Sie Ihre Hoffnung zuletzt gesehen haben?"

Löblich seufzte. Ein glühend heißer Sommertag flimmerte vor seinen Augen auf. Gabriele neben ihm. Nach wochenlangem Aufenthalt im Krankenbett etwas blass um die Nase, aber wieder draußen an der frischen Luft. Hand in Hand auf der grün lackierten Gartenbank. Unter dem Apfelbaum hatten sie gesessen. „Im August hatte ich noch die Hoffnung, dass meine Frau wieder genesen würde…" Er brach ab, zu schmerzhaft die rauen Erinnerungsfetzen, die ihm wie Schleifpapier das Herz wund scheuerten. Nie im Leben hätte er an jenem verheißungsvollen Tag zu glauben vermocht, dass dies ihr letzter gemeinsamer Sommer sein würde. Nur wenige Tage später hatte sich ihr Zustand drastisch verschlechtert, bis ihr Leiden schließlich ein Ende gefunden hatte.

„Oh, das tut mir sehr leid für Sie. Aber sehen Sie, nur weil Sie Ihre Hoffnung gerade nicht finden können, heißt das doch nicht, dass sie nicht mehr da ist."

„Aber nun schon seit Wochen… Nein, nein, sie ist für immer weg."

„Vielleicht schläft Ihre Hoffnung auch einfach nur… sie ist gerade etwas müde, weil sie eine schwere Zeit hinter sich hat, und sie möchte sich in Ruhe erholen. Ich denke, bald kommt der Tag, an dem sie wieder erwachen wird. Sie wird sich ganz leise bemerkbar machen, weil sie noch ganz verschlafen sein wird. Sie kennen ja das Gefühl, wenn morgens der Wecker klingelt und man noch ganz benommen von der Nacht erwacht… Und dann, wenn noch weitere Tage verstrichen sind, wird sie wieder da sein. In alter Frische. Und sie wird es kaum erwarten können, mit Ihnen Zeit zu verbringen."

„Ich weiß nicht recht", entgegnete Löblich unsicher. So lange Zeit war seine Hoffnung noch nie weg gewesen. Und wenn er sie tatsächlich auf der Straße verloren hatte, würde er sie mit Sicherheit nicht wiederbekommen. Wer würde denn freiwillig eine gefundene Hoffnung hergeben, wo es doch das war, was jeder am meisten brauchte?

„Sagen Sie", fuhr Fräulein Brecht weiter unbeirrt fort, „warum haben Sie im Fundbüro angerufen, anstatt sich einfach auf ihr gemütliches Sofa zu setzen und Tee zu trinken?"

„Nun ich… ich wollte sie doch unbedingt wiederfinden und ich hatte vage gehofft, Sie hätten sie vielleicht."

„Sie haben gehofft, sagen Sie? Na sehen Sie. Ihre Hoffnung… ich denke, sie wacht allmählich auf und reibt sich den Schlaf aus den Augen."

Emma im Wunderland

Es war einmal vor langer Zeit, da lebte eine wunderschöne Prinzessin namens Emma im Wunderland. Stets war sie hinreißend gekleidet in die teuersten und prachtvollsten Gewänder. Damast, Brokat und Seide waren eigens für sie aus exotischen Ländern herbeigebracht worden. Ihr Vater, der mächtige König dieses Landes, überschüttete sein liebstes Kind stets mit kostspieligen Geschenken und kam nicht umhin, jedes Mal, wenn er ihr gegenüberstand, zu sagen, wie glücklich er sei, so ein bezauberndes Geschöpf zur Tochter zu haben. Doch nicht nur die Liebe zu ihrem Vater war ihr gewiss, natürlich waren ihre ältere Schwester Elisabeth und ihre Mutter, die Königin, ebenfalls von Emmas Liebreiz angetan. Das Mädchen strahlte den ganzen Tag mit der Sonne um die Wette; sie hätte auch keinen Grund gehabt, nicht glücklich zu sein, wo doch der Königssohn des benachbarten Reiches um ihre Hand angehalten hatte.

Er trug den Namen Sebastian und sie waren einander unlängst auf dem großen Winterball vorgestellt worden. Als er Emma zum ersten Mal im Wirrwarr der anwesenden Gäste gewahr wurde, war es selbst für einen außenstehenden Beobachter kein Geheimnis, dass es für diesen jungen Mann wohl nie wieder eine andere Frau geben konnte. Einander innigst zugetan, hatten die beiden weltvergessen geplaudert und alle anwesenden Gäste kaum mehr wahrgenommen.

Während sie sich die Zeit vertrieb und auf einen neuen Brief ihres Liebsten wartete, verbrachte sie gerne kostbare Augenblicke in ihrem geheimen Zauberort, einem Süßigkeitenpalast, der im hintersten Winkel des königlichen Palastgartens zu finden war. Er gehörte nur ihr und sie stibitzte nur allzu gern davon. Die Wände bestanden aus Lebkuchen, die Fenster waren mit Schokolade umrandet und das Dach war aus Zuckerwatte und Schokoküssen konstruiert. Wie schön, doch…

Platsch, platsch, platsch. Der Regen hatte zugenommen und schlug nun vehementer gegen Emmas Zimmerfenster. Sie selbst lag mit ausgestreckten Armen und Beinen auf ihrem Bett. Das Lächeln, das sie eben noch wie einen zarten Schmetterlingskuss auf ihrem Gesicht gespürt hatte, war verflogen, sobald sich das triste Grau ihres Lebens – dieses Mal in Form eines Wolkenbruches – den Weg zurück in ihr Bewusstsein erkämpft hatte. Noch nicht. Nur noch ein paar Minuten. Bitte. Doch die Realität kannte kein Erbarmen. Die Wände waren aus Papier, die Türen aus Pappe. Draußen hörte sie auf dem Flur ihre Schwester Elisabeth wüten: „Sag der fetten Kuh, sie soll endlich aus ihrem Zimmer kommen. Sie muss auch mal den Abwasch machen!"

„Sprich nicht so über deine Schwester!"

„Aber das ist nicht fair!"

„Hör auf zu jammern. Ich kann mich nicht um alles kümmern. Ich muss arbeiten, um die Familie durchzubringen. Von eurem Vater ist schließlich nichts zu erwarten. Und ihr könnt nicht allen Ernstes glauben, dass ich auch noch ganz allein den Haushalt schmeiße!"

„Darum geht es doch nicht! Aber sie bewegt nie ihren Hintern! Und sie wird immer fetter und fetter. Heute hat sogar Sebastian Witze über sie gemacht! Normalerweise hält der sich zurück! Aber sie ist nun mal ein Walross. Ein bisschen Bewegung würde ihr nicht schaden!"

„Schluss jetzt! Keine Diskussion. Du hast schon angefangen, also mach es doch einfach fertig. Morgen muss Emma ran!"

„Aber wirklich morgen! Ans Putzen sollte sie sich schon mal gewöhnen. So schlecht wie ihre Noten sind!"

„Geh jetzt in die Küche! Und lass mich wenigstens noch ein bisschen schlafen. Meine Schicht fängt gleich an!"

Dann Ruhe. Eine Träne kullerte ihr übers Gesicht. Dann noch eine. Kein Prinz, kein König, keine prächtigen Gewänder. Keine liebende Mutter oder Schwester. Dann der Anflug eines Lächelns. Eines war ihr geblieben. Immerhin. Mit einem Handgriff holte sie den Schuhkarton unter ihrem Bett hervor, öffnete den Deckel und fand Chips, Schokolade und Gummibärchen. Ihr Süßigkeitenpalast.

Auf die Nase fallen. Und zwar heftig.

Richard war ein einfacher Mann. Schon immer gewesen. Mit seinem Hang zum Pragmatismus, ohne jegliche Ambition, aus der Masse herauszustechen, und seinem beharrlich stoischen Wesen, hatte er noch nie zu jenen gehört, die besondere Aufmerksamkeit erlangten. Weder in der Schule noch später in der Arbeit. Er hatte es genossen, ein teilnahmsloser Zuschauer zu sein. Schließlich waren es immer die Zuschauer, denen Unterhaltung geboten wurde. In der Schule von den Pausenclowns, den Kiffern, den coolen Sportlern. In der Arbeit von den aufmüpfigen Mitarbeitern, den besonders unterhaltsamen Witzeerzählern während der Mittagspause und den tollkühnen Emporkömmlingen, die jede sich bietende Gelegenheit nutzten, die Karriereleiter hinaufzuklettern. Sie waren es, die letztendlich auf die Nasen fielen, niemals Richard. Es waren die Pausenclowns, weil ihnen Ärger mit den Lehrern drohte, die Kiffer, weil sie Probleme mit den Eltern bekamen, die aufmüpfigen Mitarbeiter, weil sie Unannehmlichkeiten durch den Chef zu erwarten hatten, oder aber die Karrieremenschen, weil sie sich in der Regel Schwierigkeiten mit ihren Ehepartnern einhandelten.

Das alles war Richard im Laufe seines Lebens geboten worden und er hatte es stets sehr genossen, allen anderen beim Leben zuzusehen. Mittendrin, aber nie wirklich dabei. Heute, an diesem freudlosen Aprilsonntag, musste er aber nun, als er wie gehabt um 14.00 Uhr den Fernseher eingeschaltet hatte, zu seinem großen Entsetzen feststellen, dass seine Lieblingssendung abgesetzt worden war. So kam es, dass Richard an diesem Tag mit Mitte 50 sein Leben zum ersten Mal überdachte, als der frische Aprilwind graue Wolkenfelder ruhelos vor sich hertrieb. In dem ausgedienten Ohrensessel im Wohnzimmer saß Richard, als ihn die Erkenntnis übermannte, dass er eigentlich ganz gerne mal auf die Nase gefallen wäre. Und zwar so richtig, mit voller Wucht. Er ging sogar so weit, dass er sich dachte, dass er gerne so sehr auf die Nase gefallen wäre, dass es ihm, wenn er wieder aufgestanden wäre, noch immer leicht schummrig vor den Augen gewesen wäre.

Er hatte nicht die geringste Ahnung, warum ihn dieser Wunsch heute ausgerechnet an diesem Tag so sehr beschäftigte. War doch in der Woche zuvor nichts Außergewöhnliches passiert und in der Woche davor auch nicht und in der Woche davor auch nicht. Eine wahre Pracht an sich ähnelnden Wochen, die sich – in seinen Gedanken versunken – vor ihm aufreihten. Als könnten sie allesamt eineiige Fünfzehn-, Sechzehn-, Siebzehnlinge sein. Doch vielleicht gerade deswegen. Irgendwie war er es leid.

Er wollte nicht schon wieder eine Woche vor sich haben, die darin bestand, dass er um Punkt 6.13 Uhr aufstand, eines seiner ordentlich gebügelten Hemden überstreifte, sich sein Rad bei Wind und Wetter packte und schließlich zur Arbeit radelte, wo er – ohne sich groß ablenken zu lassen – seine Arbeit bis 17.30 Uhr verrichtete, um schließlich wieder nach Hause zu fahren. Dann gab es Abendessen. Am Montag Rosenkohl, am Dienstag Schinkennudeln, am Mittwoch Reispfanne, am Donnerstag Gulasch und am Freitag Schnitzel. Und ab 20.15 Uhr guckte er fern, ob er wollte oder nicht.

Richard überdachte seine Situation. Was könnte er also tun, um so richtig auf die Nase zu fallen, so dass er, kurz bevor er das Zeitliche segnen würde, noch einmal an diesen einen Moment würde denken können, mit einem zufriedenen Lächeln auf den Lippen, bevor er seine Augen für immer schließen würde? Vielleicht half es ja, seine Vergangenheit zu durchforsten, nachzudenken, wann er denn wirklich gerne auf die Nase gefallen wäre. Das könnte er dann eventuell auf heute übertragen. Er dachte angestrengt nach. Richtig, die Elfie. Die hatte er unheimlich gut gefunden, damals in der Oberstufe. Er hatte sich aber nicht getraut, sich mit ihr zu verabreden. Sie war ein manierliches, junges Mädchen gewesen, mit unergründlich grünen Augen und sonnigen Grübchen, die ihren Mund in Klammern setzten. Elfriede. Elfriede Kümmel. Wie sie wohl heute aussah? Ob sie immer noch diese Grübchen hatte? Da hatte er ihn. So ganz plötzlich aus dem Nichts war er aufgetaucht. Der Auf-die-Nase-fallen-Moment.

Richard erhob sich aus seinem Ohrensessel, öffnete die Schublade des Kirschholzsekretärs, holte das Telefonbuch heraus und suchte Elfies Nummer. Natürlich war ihm klar, dass Elfie mittlerweile einen anderen Nachnamen tragen könnte, aber einen Versuch war es wert. *Kümmels* gab es kaum im Telefonbuch, geschweige denn *Elfriede Kümmels*. So hatte er sie flott ausfindig gemacht. Etwas mulmig war ihm dann doch geworden. Doch Richard blieb in seinem Entschluss, auf die Nase fallen zu wollen, standhaft, griff nach dem grauen Telefon, wählte die Nummer und zu seiner Überraschung wurde sogar abgehoben.

„Kümmel, Elfie." – „Elfie? Hier ist der Richard Schuster. Erinnerst du dich?"

Kurzes Schweigen trat ein, Richard setzte nach: „Damals, wir sind gemeinsam zur Schule gegangen…"

„Richard? Ja, natürlich. Das ist ja eine Überraschung! Was verschafft mir die Ehre?"

Richard lief es heiß und kalt den Rücken hinunter; dass es so weit kommen würde, hätte er im Leben nicht gedacht. Am liebsten hätte Richard wieder aufgelegt. Wie töricht, Elfie nach all den Jahren einfach so zu überfallen. Aber sein Wagemut siegte zum ersten Mal.

Etwas unbeholfen stotterte er: „Nun, ich… eigentlich wollte ich dich in der 12. Klasse fragen, ob du mit mir eine Tasse heiße Schokolade trinken willst… Aber… na ja, du weißt ja, wie das ist… immer kommt etwas dazwischen. Aber nächste Woche am Mittwoch hätte ich Zeit."

Schallendes Lachen erklang am anderen Ende und Richard spürte, dass er endlich auf die Nase fallen würde. Doch zu seiner Überraschung erwiderte Elfie: „Das ist ja großartig. Mittwoch hätte ich auch Zeit. Die anderen Mittwoche in den 40 Jahren davor wären bei mir auch eher schlecht gewesen, aber nächste Woche passt ganz gut."

Die beiden tauschten noch wenige Floskeln aus und bestimmten genau Zeit und Treffpunkt, ehe sie auflegten. Richard hätte am liebsten lauthals lachen mögen, als er den Hörer auf die Gabel legte. Er war sogar kein bisschen enttäuscht, dass er nicht auf die Nase gefallen war. Das war nicht schlimm. Er hatte ja schließlich noch Zeit, etwas zu finden, bei dem er auf die Nase fallen würde. Vielleicht würde er ja vollends versagen, wenn er einmal etwas anderes kochen würde… Lasagne zum Beispiel. Die hatte er noch nie zubereitet. Ja genau, morgen würde es Lasagne geben.

Ein Maskenball

Es wimmelte hier nur so vor bunt maskierten Gestalten, die ohne Rast herumwirbelten und an ihrer linken und ihrer rechten Schulter geschmeidig vorbeiglitten. Dabei streifte dann und wann einer der Vorbeiziehenden versehentlich ihre Schulter und sie zuckte ob dieser unerwarteten kurzen Berührung zusammen, ohne aber ihre Position zu verändern. Sie stand einfach nur da und beobachtete das bunte Treiben der Menschen, fasziniert von all den farbenfrohen Masken.

Auch ihre Maske war bunt mit Federn geschmückt und mit glitzernden Steinchen verziert. Ihre war durchaus etwas Besonderes und keines dieser Billigprodukte. Sie hatte dafür eigens einen speziellen Maskenladen aufgesucht; ein geeignetes Geschäft zu finden, fiel allerdings nicht schwer in Anbetracht der Tatsache, dass derartige Läden derzeit wie Pilze aus dem Boden schossen und die Innenstadt mittlerweile wie ein dichtes Geflecht überzogen hatten. Sorgsam hatte sie in dem Geschäft unter genauer Betrachtung der vielen wunderbaren Möglichkeiten eine Maske ausgewählt. Der zarte Rosaton, der dafür sorgte, dass sie wegen ihrer ohnehin schon etwas blassen Haut noch etwas zarter und zerbrechlicher wirkte, verlieh ihr etwas Elfenhaftes. Das, was sie am meisten an der Maske gereizt hatte, waren aber die wundervollen

Steinchen gewesen, die in allen erdenklichen Farben schillerten, sofern der Lichteinfall günstig war. An jenem Tag in dem Geschäft musste sie an den allerersten Maskenball zurückdenken, den sie jemals – damals noch mit ihrer Schwester – besucht hatte. Verzaubert war sie an diesem Abend gewesen von dieser heimlichen Welt, in der jeder aufgrund dieser reizvollen Geheimnisse untertauchen konnte und für einen Abend sein alltägliches *Ich* abstreifen konnte wie ein Kleidungsstück, dessen man überdrüssig geworden war, nur um für den Wimpernschlag eines Augenblicks ein anderes, aufregenderes *Ich* anzulegen.

Doch so farbenfroh ihre Maske auch war, in ihr selbst war es dunkel. Mit traurigen Augen betrachtete sie die herumschwirrenden Menschenmassen und fühlte sich trotz dieser Menge an Passanten einsam und verlassen. Einst hatte sie Maskenbälle geliebt, doch diese Zeiten waren vorbei und das Gefühl der Leere und Freudlosigkeit hatte sich in ihrem Innersten eingenistet. Mit dieser Maske schien sie nach außen hin heiter. Selbstverständlich, wer sollte auch auf die Idee kommen, dass sich hinter einem derartigen Prachtexemplar ein abgrundtief trauriges Geschöpf verbarg? Die Maske – einst für sie eine Art Schutz und Sinnbild für Freiheit – war allmählich und unaufhaltsam zu einer Art Gefängnis für sie geworden, aus dem sie aus eigener Kraft nicht ausbrechen konnte.

Wer hätte diese rasche Entwicklung aber auch damals vor einem Jahr erahnen können? Das staatlich abgesegnete Überwachungsprogramm, welches den Bürgern zwar mehr Schutz an öffentlichen Orten garantierte, war derartig ausgebaut worden, dass die Menschen permanent unter staatlicher Beobachtung standen. Zu diesem Zweck wurden mehr und mehr Drohnen eingesetzt, so dass sich mittlerweile niemand mehr wunderte, wenn diese über ihren Köpfen schwirrten und Bilder von Menschen in sämtlichen Lebenslagen einfingen.

Die militanten Gegner waren die Ersten gewesen. Sie fingen an, auf Demonstrationen weiße Pappmasken zu tragen, um wenigstens so auch im öffentlichen Raum ein Stückchen Privatsphäre zu behalten. Aus den farblosen Nutzgegenständen wurden rasch bunte und reich geschmückte Accessoires, nachdem die Modeindustrie dies als Marktlücke erkannt und ausgeschlachtet hatte. Mittlerweile war es so, dass kaum mehr Menschen – auch diejenigen ohne jegliche politische Motivation – ohne Masken ihre Häuser verließen. Der Staat reagierte bereits. Natürlich. Ein Gesetz zum Verbot für Masken im öffentlichen Raum war in die Wege geleitet worden.

Diese Masken, so sicher sie sich damit anfangs auch gefühlt haben mochte, waren immer mehr zu ihrem Gefängnis geworden. Der Ausdruck der Augen war durch die Masken kaum mehr erkennbar, die Mimik bis aufs Unkenntliche verzerrt. Ihr schüchternes Naturell hatte sein Übriges dazugetan und mittlerweile verbrachte sie die meiste Zeit alleine in ihren vier Wänden. Zwar stand sie mit vereinzelten Leuten, ein oder zwei Arbeitskollegen und ein paar Freunden in Kontakt via Handy, aber jeden ernstzunehmenden Anschluss hatte sie verloren.

So trieb sie also in der breiten Einkaufsstraße umher, umgeben von den Maskenwellen, die ihr entgegenplatschten. Hie und da mit ein bisschen Körper-, aber keinerlei Augenkontakt. Niemand konnte sehen, wie traurig sie war, hier so allein auf dieser Welt herumzutreiben, ohne Anker, ohne Hoffnung. Ja, einst hatte sie Maskenbälle geliebt. Im Karneval. Als sich alle verkleidet hatten. Jetzt aber gab es keinen besonderen Anlass mehr, Masken zu tragen, nun war es Alltag, dachte sie noch, ehe sie von der nächsten sich aufbauenden Maskenwelle verschluckt wurde und im Meer der Anonymität verschwand.

Zu schön, um wahr zu sein

Wie schön Lotta war. Ihre blonden, langen Haare schimmerten im Sonnenschein wie unzählige Goldfäden. Ihre grünen Augen funkelten tief und unergründlich wie kostbare Smaragde. Ihre roten Lippen erinnerten ihn an ein Satzfragment... *rot wie Blut*. Ihr weißes, leichtes Sommerkleid schmeichelte ihrer zart gebräunten Haut. Was hatte er nur für ein Glück, dass sie sich ausgerechnet mit ihm traf. Das schönste Mädchen der Schule. *Und wenn sie nicht gestorben sind, dann leben sie noch heute.* Er musste lächeln. Monate hatte er sie angehimmelt und so sehr auf ein Zeichen von ihr gehofft. Natürlich hätte er für nichts auf der Welt den ersten Schritt gewagt. Er, der unscheinbare, kleine, uncoole Volltrottel; sie, die Traumfrau, mit der jeder Junge gerne ausgehen würde. Zu viel Angst hätte er gehabt, zur Zielscheibe von Hohn und Spott zu werden, wenn seine Annäherungsversuche bekannt geworden wären, dass er es lieber gleich bleiben ließ. „Ha, Bernd will mit Lotta ausgehen. Bernd, das dumme Stück Brot." So und noch viel schlimmer hätte es durch die Schulgänge geschallt. Immer dieselbe alte Leier, dennoch hätte er es nicht ertragen, wenn jemand seine Liebe zu Lotta so durch den Dreck gezogen hätte.

Aber dann vor drei Wochen kam das ersehnte Zeichen in Form einer Matheschulaufgabe. Panisch hatte Lotta nach ihrem Taschenrechner gesucht, hatte fast den kompletten Inhalt ihrer Tasche auf ihrem Tisch entleert und mit Schrecken war ihr klar geworden, dass sie ihn zu Hause liegen gelassen hatte. Herr Müller war in der ganzen Schule als knallharter Mathelehrer verschrien. Süffisant grinsend hatte er Lotta erklärt: „Dann wirst du wohl alles im Kopf ausrechnen müssen." Lotta war den Tränen nahe, niemand von der coolen Clique hatte einen Ersatzrechner dabei. Er auch nicht. Aber das machte nichts. In Mathe war er sowieso nicht gut. Er tupfte an ihre linke Schulter, um ihr seinen Taschenrechner zu geben. „Hier, nimm den."

„Du hast 'nen zweiten Taschenrechner mit?", fragte Lotta mit hochgezogener Augenbraue, als könne sie ihr Glück noch nicht recht fassen. Er wollte die Situation nicht aufklären, das hätte nur unnötige Fragen aufgeworfen, daher entschied er sich für eine Notlüge: „Ja, hab' ich. Du kannst meinen Zweitrechner haben." Es war nicht das, was Lotta gesagt hatte... sie hatte tausendmal *danke* gestammelt... es war vielmehr, wie sie ihn angesehen hatte. Als würde sie ihn zum ersten Mal wirklich wahrnehmen. Das Leuchten in ihren Augen, das leichte Erröten ihrer Wangen, das hektische Glattstreichen ihrer blonden Haare, all das, während sie sich aufrichtig bedankte: „Danke, Bernd. Das ist so nett von dir. Danke. Du rettest mich gerade..."

So hatte es angefangen zwischen den beiden. Kleinere Gesten der Zuneigung waren gefolgt: Für ihn hatte sie einen Blaubeermuffin mit einem Marzipanherz darauf gebacken. Scheu hatte sie ihm das Gebäck überreicht und er war übermannt von seinen starken Gefühlen, die in ihm aufwallten, als ihm klar wurde, dass sich allmählich etwas zwischen ihnen entwickelte.

Auch an die letzten beiden Nachmittage musste er denken. Beseelt von Glück lächelte Bernd, als er sich in Erinnerung rief, wie er am Klavier gespielt hatte und Lotta ihm immer wieder bewundernde Blicke zugeworfen hatte. Klavierspielen war seine Passion und Lotta liebte es, ihm dabei zuzuhören. Seine besondere musikalische Begabung hatte auch der Musiklehrer Kunze immer wieder hervorgehoben. Diese feine Fertigkeit unterschied ihn von den coolen Sportlern, die mit ihren groben Sprüchen und ihrem herrischen Gebaren kaum Raum für Feinsinnigkeit ließen.

Und nun saßen sie einander im Stadtpark gegenüber... zugegeben... mit einigem Abstand. Aber sie näherten sich ja auch erst einander an. Die anderen Mitschüler sollten ja auch noch nicht mitbekommen, dass sie auf dem besten Wege waren, ein Paar zu werden.

„Ich weiß nicht recht, mir kommt das schon recht seltsam vor", meinte Jule nachdenklich. „Was?", fragte Lotta, während sie lustlos in einem Magazin blätterte. „Jetzt ist der schon wieder da... Egal, wo du bist, er ist ständig in deiner Nähe." Lotta blickte irritiert von ihrer Zeitschrift auf und legte sie schließlich ganz beiseite: „Wen meinst du?"

Jule verdrehte die Augen und entgegnete genervt: „Na... Bernd. Ist dir das noch nicht aufgefallen? Schon seit ein paar Tagen schleicht er verdächtig in deiner Nähe rum... Und jetzt sitzt er ganz rein zufällig auch im Stadtpark."

„Kann schon sein, ist mir noch gar nicht aufgefallen", murmelte Lotta desinteressiert, während sie Grashalme, die sich auf ihr Kleid verirrt hatten, sorgsam wegzupfte. Ein weißes Kleid in den Park… da hatte sie aber auch schon einmal bessere Ideen gehabt.

„Nein, Lotta, ernsthaft. Ich find das schon sehr merkwürdig. Christoph hat erzählt, dass Bernd in der Matheklausur gar keinen zweiten Taschenrechner dabeihatte! Stell dir das mal vor! Und als du an deinem Geburtstag Muffins an die Klasse verteilt hast, hatte er einen ganz seltsamen Blick… und als wir gestern und vorgestern für das Sommerfest geprobt haben, hat er dich während seiner Klaviereinlage immer mal wieder ganz merkwürdig angeglubscht."

„Jule, echt jetzt. Das interessiert mich grad nicht. Was mich aber interessiert, ist, dass sich Tom wieder mit Natalie trifft", meinte Lotta geknickt.

Als Lotta aber den besorgten Blick ihrer besten Freundin wahrnahm, kniff sie Jule in die Seite: „Ach komm. Bernd ist doch nur ein harmloser Spinner… Sag' mir lieber, was ich mit Tom machen soll."

Die schiere Unendlichkeit von Anne-Sophies Welt

Die strahlenden Lichter in allen Rot-Gelb-Orange-Schattierungen, die man sich nur denken konnte, brachen sich mit Intensität im ruhigen Meer vor ihr, als die Abenddämmerung einsetzte und sich der glühende Feuerball senkte, um die Erde an diesem Tag zum Abschied zu küssen. Nicht ohne dabei im allabendlichen Ritual ein pompöses Lichtspektakel zu entfachen, dem man nur mit offenem Mund und vor Ehrfurcht geweiteten Augen andächtig und demütig folgen konnte.

Anne-Sophie war überglücklich, ihr Herz hüpfte vor Übermut und Begeisterung ob dieses Naturschauspiels, das sich vor ihr ereignete. Abseits von Touristenmassen, hier an einem einsamen weißen Strand; der Sand schmiegte sich noch vollgesogen von der Wärme des Tages an ihre nackten Füße. An ihrer Seite, ihre Liebe Frederik. Gutaussehend, mit strahlendem Lächeln, weichen Augen und einem feinen Gespinst aus Lachfältchen um seine Augen. Schmachtend blinzelte sie verstohlen in seine Richtung, während er scheinbar noch in vollen Zügen die Abenddämmerung ihres ersten gemeinsamen Urlaubes genoss. Sie hatte wirklich unverfroren viel Glück. Mit ihren strahlenden Augen, ihrer zarten Gestalt, ihrer verführerisch braun gebrannten Haut, den dunklen, schweren Locken und ihren unendlich langen Wimpern hatte sie Männer schon seit jeher verzaubern können. Und sie wusste um ihre Gabe, auch Frederik so bezirzen zu können, dass er sich in eine andere Welt katapultiert fühlte, sobald er sie nur betrachtete.

Das Klingeln des Telefons riss Anne-Sophie aus ihrem Tagtraum. Ihre Chefin. Schon wieder. Seitdem sie – wie viele ándere Menschen – die Vorzüge des modernen Medienzeitalters nutzte und überwiegend nur noch Homeoffice betrieb, hatte ihre Chefin den latenten Drang entwickelt, ihre Mitarbeiter regelmäßig unter stupiden Vorbehalten zu kontrollieren, ob sie ihrer Arbeit von Zuhause aus tatsächlich so gewissenhaft nachgingen wie seinerzeit im Büro.

„Ja, natürlich, Frau Schuster, ich schaue gleich nach." Mit einem Wisch stupste Anne-Sophie den Bildschirmschoner mit dem farbenprächtigen Sonnenuntergang beiseite und suchte die gewünschten Informationen fix heraus. Kaum hatte sie aber Frau Schuster erfolgreich abgewimmelt, hing sie wieder ihren Gedanken nach, bis der Bildschirmschoner erneut das Bild mit dem Sonnenuntergang zeigte. Schön wäre es an diesem Strand mit Sicherheit, aber nein. Sie war ja schon einmal verreist. Damals noch mit einer guten Freundin. Und sie war bitterlich enttäuscht worden. Nicht nur von der Freundin, die, wie sich herausstellte, ständig am Fotografieren war und sich permanent über das Hotelessen und den schlechten Service beschwerte, sondern auch von dem Ort an sich. Nicht vergleichbar mit den wunderbaren Bildern, die sie im Internet zuvor gefunden hatte. Es waren zu viele Touristen vor Ort, die Magie des Urlaubs war schon kurz nach der Ankunft verflogen und Anne-Sophie hatte sich geschworen, nur noch die Bilder im Internet zu bewundern. Diese Fotografien waren um ein Vielfaches schöner und traumhafter, als ein Moment vor Ort jemals sein könnte.

Ihr Handy piepste. Eine Nachricht von Frederik. Dies entlockte ihr ein kleines Lächeln. Wie charmant er war, wieder eine durch und durch hinreißende Nachricht. Allerdings ließ er gegen Ende seiner Mitteilung den Wunsch einfließen, dass er sie nun gern endlich persönlich kennenlernen würde.

Schmollend schob Anne-Sophie nun die Unterlippe nach vorne. Wie schade, es war so gut mit Frederik gelaufen. Nun gut, es waren noch andere Männer auf der Online-Dating-Plattform unterwegs, mit denen sie wunderbare Nachrichten austauschen konnte. Nur einmal hatte sie sich hinreißen lassen und sich wirklich mit einem Mann aus dem Portal getroffen. Dabei war sie absolut desillusioniert worden. Auf dem Foto hatte er so gut ausgesehen, ein stattlicher Mann mit leuchtenden Augen. Aber als sie ihm im Café gegenüber gesessen hatte, waren ihr der erste Ansatz eines Bierbauches, das lichter werdende Haar und die ungesund geröteten Wangen aufgefallen.

Nun gut, sie hatte auch ein bisschen geschummelt. Sie hatte nicht wirklich diese wunderbare Lockenpracht oder diese großartigen Wimpern. Auch sie hatte ein paar Kilos zu viel. Und eigentlich hieß sie Claudia. Aber der Name Anne-Sophie gefiel ihr so viel besser.

Hier, in ihren eigenen vier Wänden, konnte sie sein, wer sie wollte. Konnte sich die herrlichsten Sandstrände und Gebirgszüge ausmalen. Konnte sich mit jedem Traumprinzen treffen, den sie sich nur vorzustellen vermochte, an jedem Ort dieser Welt. Diese virtuelle Welt war etwas Großartiges, wenn man sie nur richtig nutzte, denn sie beflügelte die Fantasie. Claudia war wahrlich nicht die Einzige. Sämtliche Freundinnen und Freunde lebten ein ähnliches Leben. Sie konnte sich gar nicht recht erinnern, wann sie zum letzten Mal ihre beste Freundin Margit im wahren Leben getroffen hatte. Aber das war ja nicht von Belang, sie schrieben sich ja immerhin beinahe täglich Nachrichten. Lächelnd suchte sie sich nun in dem Dating-Portal einen neuen Traummann und überlegte schon fieberhaft, welches Land sie in Gedanken mit ihm bereisen würde.

Die Zeitdiebe

Herbert grummelte wütend vor sich hin. Das war so ganz und gar typisch. Wieder einmal stand er um eine Minute nach acht Uhr abends vor dem bereits geschlossenen Supermarkt. Sein Zeitmanagement war die reinste Katastrophe. Erst hatte er sich mit seinem Arbeitskollegen Ralf in der Teeküche verquatscht. Nach der Arbeit hatte er seiner älteren Nachbarin geholfen, die Getränkekisten zu verstauen. Was ja in Ordnung war, aber hatte er noch auf ein Tässchen Kaffee reinkommen müssen, um sich ihre alten – zugegebenermaßen recht unterhaltsamen – Geschichten über ihre Jugend auf Sylt anzuhören? Dann war er ohnehin in Eile, wusste, dass er noch dringend ein paar Kleinigkeiten einkaufen wollte. Und was machte er? Trödelte wieder, besuchte noch schnell Horst in der Kneipe um die Ecke.

All diese unnützen Aktivitäten nannte er schon seit Langem insgeheim Zeitdiebe. Und jetzt wieder! Der geschlossene Supermarkt war ja nur ein Beispiel. Ständig verpasste er etwas: Abgabetermine, Züge, den rechtzeitigen Einkauf von Weihnachtsgeschenken… Teilweise wurde Herbert vom Chef angeblafft wegen seiner *Laissez-faire*-Arbeitshaltung. Was könnte er beruflich doch alles erreichen, wenn er sich endlich strikter an einen durchstrukturierten Tagesablauf halten würde, ohne sich von Zeitdieben vom Wesentlichen ablenken zu lassen. Es reichte! Diese vergebliche Supermarktfahrt hatte das Fass endgültig zum Überlaufen gebracht. Er würde nun konsequent und zuverlässig seine Arbeiten erledigen. Hiermit erklärte er im Stillen den Zeitdieben den Krieg.

Als er an diesem Abend nach Hause kam, fand er auf seinem Esszimmertisch ein kleines Briefchen vor, das er mit Sicherheit nicht dorthin gelegt hatte. Er öffnet es und las irritiert die kurze Botschaft: *„Wenn du uns nicht zu schätzen weißt, halten wir uns ab sofort aus deinem Leben heraus. Du wirst uns vermissen. gez. die Zeitdiebe."* Kurios. Herbert blickte sich verstohlen und etwas unbehaglich in seiner leeren Wohnung um, schüttelte den Kopf und packte das Briefchen in die Schublade der alten Kommode. Dafür gab es sicherlich eine vernünftige Erklärung, doch ehe er sich ernstlich darüber Gedanken machen konnte, hatte er die Botschaft auch schon wieder vergessen.

Die nächsten fünf Monate verliefen erstaunlich gut und Herberts Chef war ganz angetan von seinem Mitarbeiter, der wie ausgewechselt alle ihm anvertrauten Aufgaben zeitig und gründlich erledigte. Herbert mied die Teeküche und lief daher auch nicht mehr Gefahr, unnötig Zeit mit Klatsch und Tratsch zu verplempern. Seine Kollegen grüßte er stets höflich und knapp, wenn er sie auf den Gängen traf, aber dann saß er auch schon wieder eifrig in seinem Büro über seinen Computer gebeugt. Seiner Nachbarin half er selbstredend nach wie vor mit schweren Einkäufen, lehnte es aber stets dankend ab, wenn sie ihn auf eine Tasse Kaffee einladen wollte, und seinen Kumpel aus der Eckkneipe hatte er ebenfalls schon lange nicht mehr besucht. So hatte er nach Feierabend auch endlich Zeit, angefallene Arbeiten in seiner Eigentumswohnung zu erledigen. Außerdem konnte er sich schon gezielt auf den nächsten Arbeitstag vorbereiten.

Nun begab es sich aber, dass ihm an einem verregneten Freitagnachmittag die Arbeit nicht mehr recht von der Hand gehen wollte, und er beschloss schließlich, einen kurzen Blick in die Teeküche zu wagen. Cordelia und Beate hielten sofort in ihrem Gespräch inne, als Herbert eintrat. „Hallo, die Damen. Was gibt es Neues?" „Oh, er spricht wieder mit uns! Welche Ehre!", zischelte Cordelia. Herbert fühlte sich unbehaglich und fragte nach Unverfänglichem in der Hoffnung, so vielleicht das Gespräch ins Rollen zu bringen: „Ist Ralf noch da? Oder hat er schon Feierabend gemacht?" Beate riss die Augen auf: „Na sag mal. Hast du das gar nicht bekommen? Ralf ist in Elternzeit. Wir hatten für ihn auch eine kleine Abschiedsfeier gegeben." Wie vor den Kopf geschlagen entschuldigte sich Herbert, verließ die Teeküche und beschloss, sofort Feierabend zu machen. Ralf nicht mehr da? Gibt's denn so etwas?

Wie von einer stillen Vorahnung getrieben, marschierte Herbert direkt in die kleine Kneipe, weil er den unbändigen Wunsch hatte, mit Horst zu sprechen. „Der ist doch nach Thailand für vier Monate. Der war ganz schön angesäuert, weil du dich gar nicht mehr blicken hast lassen", trällerte Uschi, die Thekenkraft, als Herbert nach seinem Kumpel gefragt hatte. Horst war also auch weg? Im Treppenhaus kam ihm seine Nachbarin, Frau Meier, entgegen. Er hielt die Luft an, in der Hoffnung, von ihr auf eine Tasse Kaffee eingeladen zu werden. Schon öffnete sie ihren Mund: „Guten Tag." Garniert war diese Höflichkeitsfloskel mit einem leichten Kopfnicken und da war sie auch schon an ihm vorbeimarschiert. Kein gemeinsames Kaffeetrinken mehr? Die Welt war aus den Fugen geraten. Verwirrt betrat er seine Wohnung, legte den Schlüssel auf die Kommode und blieb im Eingangsbereich stehen. Hatten sich alle gegen ihn verschworen? Wieso hatte er all dies nicht kommen sehen? Warum hatten sich alle von ihm abgewandt?

Plötzlich fiel er ihm wieder ein und er öffnete die Kommodenschublade. Dort lag er noch. Der kleine Brief von den Zeitdieben. Wie recht sie hatten…

Der Eindringling

Sie hasste ihn inbrünstig aus tiefster Seele und von ganzem Herzen. Von Angesicht zu Angesicht saßen sie sich in Elisabeths Wohnzimmer gegenüber. Ihre Haarpracht in einer akkuraten Dauerwelle gebändigt, die Perlenkette um den Hals, darunter ihr kirschroter Kaschmirpullover, der graue Tweedrock passend dazu abgestimmt. Nur das Ticken der Wanduhr sowie das Geklapper von Elisabeths Teetasse und deren Unterteller waren zu hören, als sie pünktlich um 16.00 Uhr ihren Earl Grey-Tee mit etwas Kandis und einem Schuss ausgepressten Zitronensaft zu sich nahm.

Das Wohnzimmer glich einem Eldorado des stilsicheren, edlen Geschmacks, ausgelegt mit einem teuren Perserteppich und ausgestattet mit schmucken Biedermeierholzmöbeln. Wie eine Zeitreise war es, wenn man Elisabeths Wohnzimmer durch die geschwungenen, dunkel getünchten Flügeltüren betrat.

So nippte sie also an ihrem Tee, ohne ihn aus den Augen zu lassen.

Dieses elendige Vieh. Dreck machte er. Die ganze Zeit, das war das Einzige, was er konnte. Dreck machen und ein paar Wörter brabbeln. Wieso hatte sie ihn nicht schon längst hergegeben? Sie wollte ihn doch nicht haben, kein bisschen. Und dennoch befand er sich breit und groß und schwer in ihrem Wohnzimmer und sie fühlte, wie ihr Universum allein durch seine bloße Anwesenheit zu einem unkenntlichen Knäuel zusammengeschrumpft war. Seinen Kopf hielt er leicht angeschrägt, seine glupschenden, dunklen Augen, die sie ohne jede Scheu minutenlang anstierten, widerten sie einfach nur an. Sie wartete nur darauf, dass er wieder zu sprechen begann und ihr die so verhassten Wörter entgegenschleuderte mit dieser krächzenden, abgehakten Stimme. Wie eine heimtückische Attacke. Sie rechnete beinahe sekündlich mit der Verbalschleuder – ein Geschoss, bestehend aus einer einzigen, sich wiederholenden Phrase, die sie mitten ins Herz traf. Dafür hasste sie ihn, dafür verfluchte sie ihn. Morgen würde sie ihn endlich weggeben. Oder übermorgen. Oder überübermorgen. Denn bald würde der Tag kommen, an dem sie sich diese bodenlose Unverfrorenheit nicht mehr länger bieten lassen würde, vorbei die Zeit, in der sie diese penetrante Bosheit dulden würde.

Dieser vermaledeite Papagei war ihr so sehr ein Dorn im Auge. Obwohl er permanent in seinem Käfig hockte und im Grunde nur selten einen Laut von sich gab, bohrte er sich in Elisabeths wohlige Komfortzone und brachte ihr Herz jedes Mal leicht ins Schleudern, sobald sie auch nur das Wohnzimmer passierte, um in die Küche zu gelangen. Eine Farce war das. Ein Papagei in ihrem Heim und allein durch seine Anwesenheit fühlte sie sich unwohl. Der Papagei machte eine kleine, ruckartige Bewegung mit dem Kopf, ohne sie dabei aus den Augen zu lassen. Sein gefiederter Kopf schillerte in einem unerträglichen Rot im

Schein der matten Wohnzimmerbeleuchtung. Kurz streckte er seinen rechten Flügel, als wolle er sich recken nach einem langen, anstrengenden Tag. Sein Blick immer noch ganz tief in ihren Kopf gebohrt, als ahnte er, dass sie sich davor fürchtete, ihn wieder sprechen zu hören. Ein kurzer kehliger Laut entfuhr dem bunt gefiederten Tier; unweigerlich zuckte sie zusammen. Sie hatte Angst davor, Angst, dass er sprach. Angst, dass er schwieg.

Dann endlich erlöste er sie und mit krächzender Stimme raunte er: „Ich hasse dich." Wie jedes Mal brannte sich dieser Satz, den er heute gnädigerweise kein weiteres Mal wiederholte, in Mark und Bein. Schürfte ihr Herz an der wunden Stelle auf, die wohl nie abheilen würde. Der letzte Satz, den ihr Sohn ihr im Streit entgegengeschleudert hatte, als sie ihm zum x-ten Mal darauf hinwies, dass sein Lebensstil nicht duldbar sei, dass sie sich für ihn schäme und er endlich vernünftig werden sollte. Ein Mann sollte gefälligst ehrbar sein und eine Frau haben. Aber ein Mann, der einen Mann… ihr wurde schon übel bei dem Gedanken daran. So hatte sie ihn nicht erzogen. Dieses liederliche Leben ihres einzigen Kindes hatte ihr schon immer die Schamesröte ins Gesicht getrieben. Das letzte Gespräch, das sie geführt hatten, vor gut einem Jahr. Mit lauten Stimmen. Mit bösen Worten, die nie wieder aus dem Gedächtnis zu streichen waren. Ausgerechnet dieser eine verfluchte Satz war bei dem unseligen Papagei hängengeblieben und erinnerte sie mehrmals wöchentlich an ihr Versagen als Mutter. Daran, dass sie nicht in der Lage gewesen war, ihren Sohn zu einem anständigen Mann zu erziehen. Mit diesem einen Satz hatte sich ihr

Sohn endgültig von ihr losgesagt, hatte sie verlassen, laut fluchend, und war seitdem verschollen. Nicht mehr auffindbar. Zumindest nicht für sie. Seine eigene Mutter. Und ihr Herz blutete bei dem Gedanken daran, dass er sich irgendwo auf der Welt herumtrieb und sie absolut keine Ahnung hatte, was er gerade machte, wovon er träumte und wie sein Leben wohl gerade verlief. Und dieser dumme Vogel, dieser hinterhältige Papagei sorgte dafür, dass ihr Herz niemals würde heilen können, weil er sie mit seiner bloßen Anwesenheit an ihr Versagen erinnerte.

Und auch wenn sie sich immer wieder schwor, ihn endgültig loszuwerden, wussten wohl beide nur zu gut, dass sie dies nie machen würde. Denn dieser Papagei stellte für sie die letzte Verbindung zu ihrem Sohn dar. Die letzten Worte, an die sie erinnert werden würde, solange der Papagei lebte.

Der Phantasieregen

Wachsam steht Klaas im Garten und wartet auf jenen einen Moment. Seitdem Melanie ihm davon erzählt hat, kann er nicht mehr aufhören, daran zu denken, wieder an jenen Punkt zu gelangen, an dem er einmal gewesen ist. Der Phantasieregen. Regen aus Phantasie soll ihm dabei helfen. Wer zu jenen heiligen Minuten draußen ist und mit diesem Regen in Berührung kommt, wird reich beschenkt, gesegnet mit einer endlos phantastischen Welt im Inneren.

Nur wenige Menschen wissen davon, doch Melanie ist eine der Eingeweihten. Sie hat ihn schon seit längerer Zeit beobachtet.

Sein finsteres Gesicht, versteckt hinter viel zu langem Haar. Wie ein Vorhang, der ihn von allem trennt. Diese Abgeschiedenheit von der Welt kann er sich mit seinen elf Jahren durchaus noch erlauben, aber auch er wird älter.

Schließlich hat Melanie ihn neulich beiseite genommen und ihm ins Ohr geflüstert, dass ihm das fehle. Diese Losgelöstheit, diese Freiheit im Denken. Dann hat sie ihm vom Regen erzählt, der bald einsetzen würde. Und wenn er mit diesem in Kontakt komme, würden sich seine Probleme zwar nicht in Luft auflösen, aber einfacher ertragen lassen. Melanie ist eine der netten Betreuerinnen im Heim und sie kennt ihn mittlerweile gut genug, um zu wissen, wie sehr er sich wünscht, diesen einen Tag endlich aus seinem Gedächtnis zu tilgen.

Er saß da und versuchte, sich zu konzentrieren, was gesagt wurde, aber er sah nur die Lippen, die sich leise murmelnd bewegten, und einzig Wortfetzen rieselten in sein Innerstes, ohne wirklich zu verweilen. Sie sickerten einfach durch ihn hindurch. Unfalltod der Eltern, kleine Schwester... nicht geschafft. Bebende Lippen mit hängenden Winkeln, die Unaussprechliches formten. Schweres, rhythmisches Schulterklopfen auf seinem Rücken, der sich so wund anfühlte, als wäre auch er auf dem rauen Asphalt dahingeschrammt wie der nun entseelte Körper seiner kleinen Schwester, nachdem sie aus dem Auto geschleudert worden war.

Sein kleines, junges Herz. Vor ein paar Sekunden noch stark und kräftig und plötzlich ein einziges Narbenfeld, umgeben von dichten, undurchdringlichen Nebelwänden. Sein Körper schien wie losgelöst und abgeschnitten von dieser trostlosen, grauen Welt und sein Geist flatterte unstet hin und her, während Bilder in seinem Innersten heraufbeschworen wurden: Sophie in einem von Grasflecken besprenkeltem T-Shirt und herausforderndem Grinsen, das sich nur Mädchen mit großem Bruder leisten konnten. Seine Mutter mit weicher Hand und sanfter Stimme über ihn gebeugt, als der schwere Husten ihn damals so sehr gebeutelt hatte.

Eine Kette von Bildern und warmen Gefühlen, die nicht mit diesem Augenblick hier zusammenpassten. Wie ein kaputtes Puzzle. Sein Verstand wollte einfach nicht erkennen, was geschehen war, und dennoch wusste er, dass sich sein Himmel von heute an für immer verschoben hatte.

An diesem Tag in Dominiks Haus hatte er zum letzten Mal

gespielt, er war ein Indianer gewesen mit imaginärem Pfeil und Bogen. Stolzer Häuptling der Sioux. Seit diesem Tag aber war ihm diese Welt versperrt. Wenn seine Freunde auf ihren unsichtbaren Rössern umherstoben und unreale Feinde quer durch die sauberen Gärten jagten, stand er von da an nur mit hängenden Schultern daneben und der Gedanke quälte ihn, warum er all dies nicht mehr sehen konnte. Seine Freunde, die alle in dieser heilen Welt voll Farbenpracht und Zuckerwatte herumtollten, während er nur die realen Gegebenheiten aufsog: Den kalten Wind, der sein Haar zerzauste, und die trüben, hinabgleitenden Blätter der großen Buche. Nur einmal noch wollte er wieder in diese sagenumwobene Welt, gesponnen aus goldenen Fäden und begleitet von Feenstaub, eintauchen. Eine Welt, die glitzernd und herrlich weit war, ohne Horizont, nur Himmel, Freiheit und der endlose Duft von Grenzenlosigkeit.

Ein Tropfen küsst ihn schließlich leise auf die Nasenspitze. Der Phantasieregen. Seine persönliche Eintrittskarte ins Paradies. Er lacht und dreht sich im Kreis. Klaas kann es nicht fassen. Wieder ein Tropfen, ein ganzes Meer aus Tropfen plötzlich, die ihn von allen Seiten berühren. An der Wange… ja, an der Wange. Aber es ist nicht nur Regen, seine Tränen vermischen sich mit dem Himmelsnass. Wie seltsam… er hat nicht mehr geweint. Seit jenem Tag hat er nicht mehr geweint. Und nun weint er aus tiefster Seele. Der Regen prasselt weiter dahin und trägt ihn, während er dort so tanzt und weint, wieder ein Stückchen näher seiner innigst ersehnten Phantasiewelt.

Freddy

Hahaha… Freddy. Als sie den Namen zum ersten Mal gehört hatte, musste sie lachen. Freddy wie Freddy Krueger aus diesem uralten Horrorfilm.

Es war an einem spätsommerlichen Samstagabend, die Sonne hatte sich im Laufe des Nachmittags noch einmal mit aller Gewalt aufgebäumt und dafür gesorgt, dass etliche Leute ohne Jacken mit einem Eis in der Hand aus der hiesigen Eisdiele durch die Straßen der Kleinstadt flaniert waren. So verheißungsvoll, wie der Nachmittag geendet hatte, hatte der Abend dann auch begonnen. Das späte, bereits herbstlich goldene Licht hatte Anne im Badezimmer begleitet, als sie angefangen hatte, sich für die Party bei Ben zu Hause zurechtzumachen. Im Hintergrund war eines ihrer Lieblingslieder gelaufen, zu dem sie lauthals singend und frenetisch tanzend im Badezimmer das Optimum aus sich herausgeholt hatte. Das war leicht. Sie war hübsch.

Und sie wusste, dass sie hübsch war. Etliche Jungs hatten es ihr in sternenklaren Partynächten am Weiher, in der örtlichen Disko oder aber auch im Landjugendheim schüchtern stotternd unter Alkoholeinfluss ins Ohr geflüstert. Wahre Begeisterungsstürme hatte aber noch keiner bei ihr auslösen können. Neidisch war sie auf ihre besten Freundinnen Charlotte und Nadine. Bei ihnen vollzogen sich wahre Liebesdramen im Wochentakt und jedes Mal meinte man, die Welt würde ein kleines bisschen einstürzen, wenn man ihren lauten und verzweifelten Wehklagen über eine zerbrochene Liebe lauschte.

Obwohl Anne noch nicht recht gewusst hatte, was sie am heutigen Abend erwarten würde, war dieses nervöse Kribbeln in der Magengegend schon ein recht verlässlicher Vorbote gewesen, dass sich etwas Großartiges anbahnen sollte.

Voller Begeisterung war sie Arm in Arm mit Nadine und Charlotte auf der Party erschienen und es musste wohl so gegen zehn Uhr abends gewesen sein – Bens Haus hatte sich zwischenzeitlich gut gefüllt –, als Annes Blick über die Partygäste geschweift war. Dann waren ihre Augen an einem strahlenden Augenpaar hängengeblieben, deren Funkeln sich einfach so zwischen den teils bekannten, teils unbekannten Gesichtern offenbart hatte. Wer war das? Ihr Herz hatte einen Satz gemacht, hatte einfach so für einen kurzen Augenblick zu schlagen aufgehört, Annes Magen hatte sich zusammengezogen und war auf einen mikroskopisch kleinen Knoten geschrumpft. Wer war das nur? Sie hatte weder nach links noch nach rechts geblickt, als sie direkt auf die Augen zumarschiert war. Auch diese Augen hatte nicht mehr von Anne lassen können. Wie zwei Magnete, die sich plötzlich einen Weg zueinander gebahnt hatten.

Voreinander waren sie stehen geblieben. „Ich bin Anne." „Ich bin Freddy." Im ersten Moment musste sie lachen, dieser Name. Dann hatten sie einander gegenübergestanden. Wie lange? Zwei Minuten? Zehn

Minuten? Eine Ewigkeit? Niemand hatte ein Wort gesagt. Anne hatte Freddys Gesicht studiert; nie zuvor hatte sie je so etwas Schönes gesehen. Ebenmäßige Züge. Wunderschöne Zähne. Die Augen waren grün, das hatte sie nun aus nächster Nähe genau sehen können. Kurzes, braun gelocktes Haar. *Wie schön du bist!,* hatte sie bei sich gedacht. Dann waren die beiden ins Reden gekommen. Anne hatte alles über Freddy wissen wollen und zugleich hatte sie sich so sehr gewünscht, Freddy alles über sich selbst zu erzählen. Tausend Geschichten, Millionen von Worten, die noch gesagt werden mussten, und doch würde wohl kein Leben ausreichen, um all das zu sagen, was Anne in diesen kostbaren Momenten mit Freddy durch den Kopf geschossen war.

Und nun? Der Morgen nach dieser endlosen Nacht des Redens. Irgendwann hatte Nadine gejammert, sie wolle nach Hause. Anne musste mit, Nadines Vater hatte sie gefahren. Wie sollte Anne nur damit umgehen? Mit wem konnte sie darüber reden? Wer würde sie verstehen? Würde sie Freddy wiedersehen? Und falls ja, was würde Anne Freddy sagen? Anne schloss die Augen, alles drehte sich. Die wunderschöne Freddy. Ihre Gedanken kreisten nur um Frederike.

Verschenkte Momente

Das leise Blätterrauschen des alten, knorrigen Kirschbaumes war das Einzige, was die leichte frühlingshafte Brise dem Garten an Geräuschen entlocken konnte. Der alte Mann saß wie ein Fels auf der kleinen Holzbank direkt unter dem Baum. Wenn das Wetter es ihm erlaubte, doch auch manchmal, wenn es das Wetter eigentlich nicht gestattete, ruhte er auf dieser Bank, deren ehemals dunkelroter Lack schon so weit abgeblättert war, dass die Farbe nur noch zu erahnen war. Dieses Bild bot sich Martin – sofern es sein Terminkalender ermöglichte – etliche Sonntage im Jahr, wenn er seinem Großvater einen Besuch abstattete. Geredet wurde wenig, dafür wurde sehr lange und ausgiebig geschwiegen. Martin liebte seinen Großvater sehr, aber letztlich konnte er sich ihm nicht wirklich anvertrauen. Nur ein Tisch trennte die beiden Männer und zwei Generationen. Martin war zwar des alten Mannes Enkel, dennoch hatte er seinem Großvater stets erstaunlich wenig zu erzählen, obwohl Martin doch aufgrund seines ambitionierten Berufes ganz Deutschland und weite Teile Spaniens und Portugals bereiste. Vor allem Andalusien hatte es Martin angetan. Erzählt hatte er seinem Großvater noch nie davon. Obwohl der alte Mann der einzige Verwandte war, der Martin geblieben war, und Martin die Meinung seines Großvaters viel bedeutete, wollte er ihm nie viel von sich preisgeben. Martin hatte nämlich immer insgeheim Angst, den Großvater mit seinem eingeschlagenen Lebensweg enttäuscht zu haben. Dieser hatte früh die Schule verlassen und dann damit schnell den Ernst des Lebens kennen und akzeptieren gelernt. Geheiratet hatte er ebenfalls recht zeitig und schon bald war ein Sohn – Martins Vater – gefolgt, der viel zu früh gestorben war, genau wie des Großvaters Frau.

Was hatte Martin indes vorzuweisen? Sein unsteter Lebenswandel auf Reisen, der ihn zwar durch und durch erfüllte, der aber auch zugleich im harten Kontrast zur soliden und bodenständigen Vergangenheit seines geliebten Großvaters stand. Schon oftmals hatte Martin in Gedanken ein Gespräch mit seinem Großvater geführt, in dem er ihm ausgiebig sein Leben erklärt, seine Wünsche offenbart und seine Erwartungen dargelegt hatte. Jedoch eben immer nur in Gedanken. Sobald Martin dem alten Mann gegenüber Platz genommen, sich die Ruhe des Gartens und des Großvaters auf ihn übertragen und ihn wie eine warme Decke eingehüllt hatte, waren alle Worte, die ihm auf der Zunge gelegen hatten, wie weggefegt vom leichten Windhauch, der scheinbar stets durch den Garten strich. Vorzeitig hatte sich Martin immer wieder von seinem Großvater verabschiedet. Zu groß war seine Angst jedes Mal gewesen, dass sich das Unverständnis, das Martin zu spüren geglaubt hatte, schließlich auch noch durch Worte des Großvaters bestätigen würde. *Du enttäuschst mich, Junge. Wieso willst du kein eigenes Haus, keine Familie, keine geregelten Arbeitszeiten?* Mit diesen Gedanken, die Martin stets wie ein Blitz durchfuhren und ihm einen Stich ins Herz gaben, hatte meist der Besuch beim Großvater geendet. Dies war dann immer der Moment gewesen, in dem er sich verabschiedet hatte.

Nun lauschte Martin zusammen mit seinem Großvater wieder dem Rauschen des Baumes in der verheißungsvollen Frühlingssonne, als ihn dieser unsägliche Gedanke wieder jäh überkam und zum Gehen überreden wollte. Schon erhob sich Martin in der Hoffnung, das Gefühl der Unzulänglichkeit spätestens beim Autofahren abhängen zu können, als sein Großvater wider Erwarten das Wort an ihn richtete: „Wo geht es nächste Woche hin?" Etwas brüchig war seine Stimme geworden, doch erlaubte sie noch die Vision des Mannes, der er einst gewesen war.

„Hamburg", entgegnete Martin.

„Wie sehr ich dich um dieses Leben beneide, mein Junge."
Stille und Ruhe kehrten so plötzlich zurück, wie sie kurz weg gewesen waren, und überzeugten Martin, länger zu verweilen.

Theo muss sterben

„Kann nicht. Theo will nicht, dass ich so weite Strecken alleine fahre", entschuldigte sich Flora bei ihren Arbeitskolleginnen.

„Aber es ist doch Melinas Geburtstagsfeier! Du musst auch dabei sein", entgegnete Sandra entrüstet. Auch Susanne hatte etwas beizusteuern: „Also, dieser Theo… Flora, du bist so eine liebe Frau. Du solltest dir endlich jemanden suchen, der… Theo verbietet dir doch wirklich alles!"

Flora wurde rot, wie immer, wenn es um dieses Thema ging. Theo aufgeben! Wenn das so einfach wäre. Schon seit der Studienzeit waren Theo und sie unzertrennlich. Ein tragisches Schicksal hatte die beiden scheinbar für immer zusammengeschweißt. Nie würde er sie so einfach gehen lassen. Sie hatten im Auto gesessen. Theo war damals auch schon immer an ihrer Seite gewesen… nur anders. Ein LKW hatte Flora übersehen und sie gerammt, das Auto überschlug sich zweimal, als es die Leitplanke durchbrochen hatte. Drei Wochen Intensiv. Reha. Das volle Programm. Und Theo, der ihr von da an nicht mehr von der Seite wich.

Mach das nicht! Tu jenes nicht! Das ist gefährlich! Pass bloß auf dich auf!

Kein Tag ohne Zurechtweisungen, keine Stunde, ohne ihr Angst zu machen. Überall lauerten mögliche Gefahren auf

Flora, und Theo ließ keine noch so kleine Gelegenheit aus, sie darauf aufmerksam zu machen. Das ganze Leben, ein einziger gefährlicher Drahtseilakt.

Flora war natürlich bewusst, dass Theo nur nicht wollte, dass ihr etwas passierte. Er passte hingebungsvoll auf sie auf. Doch leider erdrückte er sie dabei, und Flora hatte nun schon mehr als einmal das Gefühl, ersticken zu müssen. Luft. Atmen. Freisein. Machen können, wozu sie wirklich Lust hatte. Wollte sie auf Melinas Geburtstagsfeier? Natürlich wollte sie! Melina war ihre älteste Freundin! Doch sie wusste genau, wenn sie dieses Vorhaben in die Tat umsetzen würde, würde sie allein mit dem Auto fahren müssen. Sandra würde bei Susanne mitfahren und die wiederum hatte noch drei anderen zugesagt, dass sie sie mitnehmen würde. Folglich müsste Flora alleine fahren und sie wusste schon jetzt, wie sehr Theo ihr deshalb zusetzen würde.

So. Du willst also 80 Kilometer auf der Autobahn alleine fahren? Da sind LKWs unterwegs. Ganz viele sogar. Manche von den Fahrern halten sich nicht an die gesetzlich vorgeschriebenen Ruhepausen. Letztes Mal hattest du ja noch Glück gehabt…

Sie konnte es schon hören, wie er sprechen würde. Laut, überzeugt, mit fester Stimme. Sie würde ihn so gerne ausblenden können, aber er verschaffte sich immer wieder Gehör. Ihn zu ignorieren, war zwecklos. Sandra unterbrach Floras Gedankenkarussell: „Ernsthaft, Flora. So kann das nicht weitergehen mit dir. Zu weite Strecken fährst du nicht. Du willst auf keine Veranstaltung, auf der zu viele Menschen sind. Sobald es dunkel wird, streckst du nicht mal mehr deinen kleinen Zeh zur Haustüre hinaus… Ich könnte ewig aufzählen, was du alles in den letzten zehn Jahren seit dem Unfall nicht getan hast. Stattdessen hockst du zu Hause alleine in der Wohnung herum und lässt dir von Theo einreden, wie gefährlich die Welt ist."

Das Wort „Theo" hatte sie dabei gehässig betont. Susanne bemerkte, wie sehr Sandras Rede Flora zugesetzt hatte, und sie versuchte, wie es nun einmal ihre Art war, Flora zu beruhigen: „Hör mal, wir wollen dir doch nichts Böses. Aber wir sehen nun einmal, dass sich in deinem Leben etwas ändern muss. Du musst Theo beseitigen, ihn loswerden, ihn ein für alle Mal davonjagen, töten, vierteilen… ganz egal. Aber er muss weg. Bitte such' dir endlich jemanden, der dir helfen kann. Es gibt viele gute Therapeuten. Denn Flora, Liebes, es ist nicht normal, dass man seiner Angst einen Namen gibt…"

Marsmensch

Monas Streitlust hatte einen Grund. Einen sehr guten sogar. Nur leider konnte sie mit niemandem darüber reden. Mit ihrer besten Freundin nicht, mit ihrem Bruder nicht und mit ihren Eltern schon gleich gar nicht. Mit Vergnügen würde sie den lieben langen Tag nichts anderes machen, als mit voller Wucht auf den Boden zu stampfen und nach Herzenslust herumzubrüllen. Da dies leider nicht möglich war, entledigte sie sich ihrer negativen Energie anderweitig: Sie schlug Türen zu, sehr zum Ärger ihrer Eltern. Sie fauchte ihren großen Bruder an, der sofort in sein Zimmer entfleuchte, sobald Mona auch nur in der Nähe war, da er ihre ständigen Launen kaum mehr ertragen wollte. Sie keifte mittlerweile sogar ihre beste Freundin Bine an, die ihr eigentlich lieb und teuer war. Und warum das Ganze?

Wegen Karsten! Immer und immer wieder nur der eine Name, der in ihrem Kopf hallte und dessen Klang alles in ihrem Körper ausfüllte. Wie konnte man nur so starke Gefühle für jemanden haben, der sich einen Dreck um sie scherte... Nein, nein, das war nicht wahr. Mona wurde unfair. Sie war ihm nicht egal. Er mochte sie sogar recht gern. Sie war sehr klug in seinen Augen, das hatte er ihr schon des Öfteren bescheinigt. Die Jungs müssen ja bei dir Schlange stehen, hatte er zu ihr gesagt. Aber er würde niemals mit ihr zusammen sein wollen. Das wusste sie. Und wenn sie Bine erzählen würde, in wen sie sich unsterblich verliebt hatte, würde sie nur lachen und sagen: „Schmink dir den mal lieber ab! Ich verstehe sowieso nicht, warum alle Mädels unserer Schule ihn gut finden."

Mehr würde von ihr nicht kommen, weil Bine nun einmal keine Ahnung hatte, wie sich Mona fühlte, seitdem sie ihn zum ersten Mal über den Schulkorridor laufen gesehen hatte. Blaue Augen. Schöne Zähne. Freundliches Gesicht. Er war das Erste, an das sie dachte, wenn sie morgens die Augen aufschlug, und das Letzte, das ihre Gedanken beherrschte, bevor sie abends die Augen schloss. Obwohl er ihr einziger Grund war, sich jeden Morgen in die Schule zu quälen, war er auch oft genug der einzige Grund, warum sie sich nachmittags allein im Zimmer verbarrikadierte und in ihr Flauschekissen heulte.

Karsten war einfach großartig, nicht nur die Mädchen der Schule waren vernarrt ihn auch, auch die coole Truppe um Lou war begeistert. Als Mark, Andi und Lou in einer Freistunde auf dem Basketballfeld der Schule ein paar Körbe geworfen hatten, hatte sich Karsten ihnen angeschlossen und ihnen ziemlich locker das Wasser reichen können. Auch Mona hatte draußen gesessen und das Spiel beobachtet. Und wenn sie sich nicht täuschte, hatte Karsten auch ein paarmal zu ihr geschielt. Oder hatte sie sich das nur eingebildet?

Was war, wenn sie ihm einfach ihre Liebe gestand? Ihm anvertraute, dass ihr Leben ohne ihn einfach keinen Sinn hatte? Lächerlich. Auslachen würde er sie. Und das würde sie wirklich umbringen. Ein „Nein" aus seinem Mund zu ihren Gefühlen würde sie niederschmettern. Es war so unfair… sie sah ihn beinahe jeden Tag, aber er war für sie so weit weg und unerreichbar, er könnte genauso gut auf dem Mars leben. Wie passend, schmunzelte sie. Überirdisch war er ja nun wirklich.

Auf dem Mädchenklo der Schule hatte sich Mona nun fast schon wieder die ganze Pause über versteckt. Sie wollte den dummen Fragen ihrer Freundinnen aus dem Weg gehen: „Was ist nur los mit dir? Warum bist du so schlecht drauf? Warum erzählst du kaum was?" Nein, darauf hatte sie echt keine Lust. Doch gleich würde dieser unangenehme Gong ertönen und sie würde wohl oder übel die Toilette verlassen müssen. Ihr einziger Lichtblick war Deutsch in der 6. Stunde. Sie spritzte sich noch etwas Wasser ins Gesicht, griff nach ihrem Rucksack, den sie achtlos in die Ecke geworfen hatte, und öffnete mit Schwung die Türe.

Schon stand sie draußen auf dem Schulflur, wo sich vereinzelt Schüler bereits auf den Weg zum Klassenzimmer machten. Dennoch war es noch recht ruhig, bevor der große Ansturm jeden Moment einsetzen würde. Sie drehte sich um und wäre fast in ihren Lehrer gelaufen. „Herr Blennke…", stotterte Mona verlegen. „Entschuldigung. Ich habe Sie nicht gesehen." „Wo du nur wieder deinen Kopf hast, Mona… Ach ja, da fällt mir ein: Dein Aufsatz war 'ne glatte Eins. Das wollte ich dir sowieso unter vier Augen sagen. Vor der Klasse macht dich das ja immer etwas nervös. Weiter so! Wenn es ums Schreiben geht, kann dir wirklich keiner so schnell etwas vormachen." Schon trippelte Frau Müller heran, die übereifrige Biolehrerin. Mona verzog ihren Mund zu einer Schnute. Musste die wirklich ausgerechnet jetzt antänzeln? Frau Müller tätschelte, als sie die beiden erreicht hatte, Herrn Blennkes Arm: „Gut, dass ich dich hier finde. Wir haben ein Problem. Günther ist krank und wir brauchen dringend noch jemanden, der ihn in der fünften Stunde vertritt…" „Ja, kein Problem. Ich kann das übernehmen", entgegnete Herr Blennke ohne Zögern. „Danke, das ist wirklich total lieb von dir, Karsten. Weißt du was, ich mach das wieder gut. Heute Mittag lade ich dich auf einen Kaffee ein", zwinkerte sie ihm fröhlich zu und Monas Herz zerbarst in tausend Stücke.

Die Kriegerin

Da stand sie nun. Bewaffnet wie eine Kriegerin, bereit zum Kampf gegen ihren härtesten Gegner. Es würde nicht leicht werden, aber einfach war es nie gewesen und würde es auch nie sein. Sehr lange würde es wieder dauern, aber letztlich würde sie gegen die Natur gewinnen. Zeit, die Angelegenheit in Angriff zu nehmen. Das Glätteisen war schon angesteckt, Puder und Wimperntusche lagen bereit, Make-up hatte sie noch reichlich, Haarklammern lagen neben ihr. „Jetzt hat sich Olivia wieder im Bad verbarrikadiert", hörte sie ihre nervige kleine Schwester draußen auf dem Flur lauthals schimpfen. Egal, schließlich wollte sie ihm gefallen. Endlich stand ihr erstes Treffen in einem kleinen Café in der Innenstadt bevor.

Er hatte es gestern vorgeschlagen. Gleich in der Pause nach dem Sportunterricht war er zu ihr herübergekommen. Geschämt hatte sie sich. Ihre wirren Haare hatten sich gekräuselt, sie war ungeschminkt gewesen und ein dicker, roter Pickel hatte an ihrem Kinn geprangt. Und als ob das nicht schon genug gewesen wäre, hatte sie auch noch ihre Brille, ein recht unansehnliches Kassengestell, getragen; obwohl sie ihre Mutter schon seit langer Zeit regelrecht anflehte, ließ diese sich nicht erweichen, ihr eine neue Brille zu kaufen. Dann hatte er plötzlich vor ihr gestanden, grinsend und mit einem Funkeln in seinen grünen Augen, das ihren Puls unwillkürlich in die Höhe schnellen ließ. „Du hast doch morgen sicher Zeit für einen Kaffee! Gegen 15.00 Uhr im *Schneiders*?" Olivia hatte nur ein verdutztes „Ja" zwischen ihren Lippen hervorpressen können. Weg war er.

Und nun stand sie hier allein mit ihrem größten Feind von Angesicht zu Angesicht, ihrem eigenen Spiegelbild. Die Haut zu unrein, die Augenbrauen langweilig über ihren nichtssagenden Augen geschwungen, das Haar zu widerspenstig… Olivia puderte ihr Gesicht hingebungsvoll und ließ ebenso viel Mühe dabei walten, ihre Wimpern zu tuschen. Das Glätteisen leistete gute Dienste und nach einer Stunde war sie zwar nicht begeistert von ihrem Aussehen, das war sie nie, aber zumindest hatte sie das Beste aus sich herausgeholt. Wieder einmal. Manchmal war sie es leid, Stunde um Stunde im Badezimmer zu verplempern und kostbare Zeit zu vergeuden, doch jeden Tag trat sie den Kampf erneut mit Ausdauer und Disziplin an.

Rasch zog sie sich ihre Jacke über ihr lilafarbenes Kleid und radelte in den verheißungsvollen Frühlingsnachmittag hinein. Pünktlich standen sie sich vorm *Schneiders* gegenüber. „Hallo, schön, dass du da bist" – „Ja. Danke." – „Tolles Wetter haben wir." – „Zum Glück." Belanglosigkeiten wurden gewechselt, nur um kein peinliches Schweigen aufkommen zu lassen. Doch kaum saßen sie in einer Ecke des Cafés einander direkt gegenüber, war es, als hätte sie einen alten Bekannten bei sich sitzen, jemanden, den sie schon seit Urzeiten nicht mehr gesehen und dem sie allerhand zu erzählen hatte.

Ihm schien es ähnlich zu gehen, die anfängliche Schüchternheit legte sich schnell. Lachend und quasselnd verging die Zeit schnell und immer schneller, bis sie regelrecht Flügel bekam und flog. Dann, es war schon dunkel geworden und die Zeit des Abschieds rückte unaufhaltsam näher, griff er sachte nach ihrer Hand. Warm und weich lag sie auf der ihrigen. Schließlich konnte Olivia nicht mehr anders und fragte ihn: „Wieso wolltest du dich eigentlich mit mir treffen?"

Olivia war nicht blind und sie wusste nur zu gut, dass er sich mit jeder x-Beliebigen hätte verabreden können; ausnahmslos jede hätte schmachtend zugestimmt.

„Versteh mich nicht falsch", meinte er, „aber gestern, als ich dich in der Pause gesehen habe… du hast nie schöner ausgesehen. Da musste ich dich einfach fragen."

Karls beiges Leben

Karl saß im überheizten Esszimmer auf der kariert bezogenen Eckbank, während er auf die rote Tischdecke starrte, die den bereits gedeckten Tisch umschmiegte. Er hatte diese Tischdecke nicht ausgewählt. Wahrlich nicht. Wie bei so ziemlich allem in diesem Haus war seine Ehefrau Konstanze die Entscheiderin, diejenige, die sagte, wo es langging. Meist mit lauter, herrischer Stimme. Ihr hatten auch die zwei gemeinsamen Kinder, zwei Jungs, stets gehorcht. Während die Knaben bei Karl oftmals versucht hatten, ihn auszutricksen, war das Wort von Konstanze stets Gesetz gewesen und niemand hatte mehr gewagt, etwas entgegenzusetzen. Schon seit Jahren war das so, Karl konnte sich nicht erklären, warum ihn diese Tatsache gerade jetzt so sehr störte, während er das Geschepper in der Küche hörte, wo Konstanze fleißig herumhantierte. Nichtstuerei und Faulenzen hatte sie noch nie leiden können und stets dafür gesorgt, dass auch Karl nie auf die dumme Idee gekommen war, nach einer harten Arbeitswoche gemütlich alle Viere von sich zu strecken. Irgendetwas hatte immer in ihrem gemeinsamen schmucken Häuschen am Stadtrand repariert, ausgebessert oder ersetzt werden müssen.

Vielleicht war Karl nur deswegen so angesäuert, weil sich auch in der Arbeit die Situation weiter zuspitzte. Ihm wurden immer die unwichtigsten und arbeitsintensivsten Aufgaben zugeschanzt, während andere mit weniger Aufwand mehr Lob vom Chef einheimsten und damit in der Firma weiter aufstiegen. Bei Beförderungen war Karl stets übergangen worden und er fühlte es immer mehr, wie sehr ihm das Gefühl, auf der Stelle zu treten, zu schaffen machte. Doch nicht nur der berufliche Misserfolg trug zu seiner Verbitterung bei, auch die Respektlosigkeit, mit welcher ihm die anderen gegenübertraten; sogar Angestellte, die erst vor Kurzem in der Firma angefangen hatten. Er wurde weder auf Gartenfeiern noch auf Geburtstage eingeladen. Einladungen wurden zwar stets enthusiastisch während der Kaffeepausen ausgesprochen und verteilt, doch Karl ging jedes Mal leer aus, ganz so, als würden die anderen ihn gar nicht sehen.

Ja, genau. Es war fast so, als wäre er unsichtbar für seine Mitmenschen geworden. Im Laufe der Jahre immer mehr. Anfangs hatte er sich noch wohl in der Firma gefühlt, trotz der ausbleibenden Beförderung, und Konstanze hatte sich zumindest noch Mühe gegeben, so zu tun, als wäre ihr seine Meinung wichtig. Aber mittlerweile schreckte sie nicht einmal mehr davor zurück, ihn im überfüllten Supermarkt anzuheischen, wenn er Falsches in den Einkaufswagen legte. Dabei verdiente er doch das Geld. Und seine Söhne.

Nicht zu vergessen seine Söhne. Wenn sie am Wochenende anriefen, um sich zu erkundigen, was es zu Hause Neues gab, verlangten sie anfangs noch nach Karl. Irgendwann begnügten sie sich damit, ihm über Konstanze einen schönen Gruß ausrichten zu lassen, und jetzt, jetzt war es tatsächlich so, dass er es nicht einmal mehr mitbekam, wenn seine Söhne sich meldeten. Kein Wort mehr. Fast als würde er sich immer mehr auflösen, nicht existieren.

Seine kraftlosen beigen Hemden und grauen Hosen trugen nicht unbedingt dazu bei, dass er gesehen wurde. Dabei mochte er die Farben doch noch nicht einmal. Konstanze suchte seine Garderobe aus und er hatte nie hinterfragt, ob er sie leiden konnte oder nicht, aber nein, nein und nochmal nein. Er mochte seine Kleidung nicht. Neulich war ihm eine Frau im Supermarkt auf den Fuß getreten, sie hatte sich umgedreht, ihn angesehen, nur kurz eine Augenbraue hochgezogen und ihm dadurch das Gefühl vermittelt, als wäre es seine Schuld. Entschuldigt hatte sie sich dann selbstverständlich nicht bei ihm.

Wahrscheinlich wurde er wirklich kaum mehr von den anderen Menschen gesehen. Er war kein interessanter Mann mit spannenden Geschichten, sondern der Fußabstreifer für seine Familie und ein williger, dummer Arbeitsesel in der Firma. Er war wirklich nicht besonders viel wert. Diese Erkenntnis durchzuckte ihn jäh und pikste unsanft in sein Herz.

Verbittert und mürrisch rückte er die Gabel vor sich zurecht und stellte irritiert fest, dass seine Hände eine ungesunde Farbe angenommen hatten. Ein blasses, durchscheinendes Aschgrau. Wahrscheinlich löste er sich allmählich wirklich auf, dachte Karl missmutig, als er den alten Dackel Emil betrachtete, der gerade ins Esszimmer tappte.

Sein treuer Freund. Wenigstens einer, auf den er sich verlassen konnte und der sein Herrchen anstandslos liebte.

Etwas Stolz und Schadenfreude keimten in Karl auf. Emil hörte nur auf Karls Befehle. Was Konstanze sagte, war ihm vollkommen gleichgültig. Immerhin einem. „Na, mein Guter. Mach Platz." Der Hund hielt kurz inne und blickte zum Fenster, tappte aber dann auch schon weiter zu seinem roten Fressnapf mit Trockenfutter in der Ecke. Frustriert wollte Karl nicht einfach so kapitulieren. Mit Schärfe in der Stimme fuhr er den sonst so treu ergebenen Dackel an: „Emil! Platz!" Völlig unberührt fraß Emil aus seinem Napf das Trockenfutter. Karl spürte, wie Hitze in seinen Kopf schoss. Er war wütend. Nicht einmal mehr Emil? „Emil!! Platz!!" Doch Emil fraß weiter, ohne auch nur ansatzweise sein Köpfchen in Richtung seines Herrchens zu wenden.

Während noch die Frage, was nur gerade falsch laufe, in Karls Kopf wummerte, stampfte Konstanze bereits lauten Schrittes mit einem vollen Topf Linsensuppe aus der Küche, hielt kurz inne und blickte auf Karls Platz und dann zum Dackel. „Nanu? Ist dein Herrchen etwa noch nicht zu Tisch? Ich dachte, ich hätte ihn reden hören…"

Andys Welt in Schwarz und Weiß

Seit seiner Geburt sah Andy die ganze Welt nur in Schwarz und Weiß. Nun, zumindest nahm er das an, er konnte sich jedenfalls nicht erinnern, jemals etwas in Farbe gesehen zu haben. Seine Wahrnehmung war also vergleichbar mit den alten Schwarz-Weiß-Filmen aus den 30er Jahren, nur ohne das Flimmern. Er konnte sich noch gut erinnern, als seine Eltern bemerkten, dass er einen Sehfehler hatte. Menschen um ihn herum hatten schon immer von einer Sache namens „Farbe" gesprochen, doch für ihn waren das einzelne Grauabstufungen. So wie Blau für ihn ein dunkleres Grau war als Gelb. Er war mit seinen acht Jahren tief von der Menschheit beeindruckt, dass sie für Grauschattierungen so unterschiedliche Namen erfunden hatte. Für ihn war alles nur Schwarz, Weiß und eben Grau und der Rest war ihm ziemlich egal.

Doch an seinem neunten Geburtstag hatte ihm seine Mutter ein grünes Fahrrad hingestellt, welches er fälschlicherweise als rotes Rad eingestuft hatte. So bedankte er sich zwar sofort für das Rad, beanstandete aber, dass er kein rotes Rad wolle, und das auch nur deswegen, weil er die Jungen in seiner Klasse reden gehört hatte, dass Rot nun mal in ihren Augen eine Mädchenfarbe sei. Seine Mutter hatte ihn konsterniert angesehen und ihm schließlich erklärt, dass es grün und damit auch für Jungen tauglich sei. Letztendlich war dann nach und nach alles ans Licht gekommen.

Seine fehlende Farbwahrnehmung nahm seine Mutter mit großer Bitterkeit zur Kenntnis. Sie hatte lauthals beim Augenarzt geschluchzt. Vermutlich vor allem deswegen, weil ihr Dekoration und Inneneinrichtung heilig waren. Zudem verfügte sie über eine schier unendliche Liebe zu starken Farbkontrasten und sie mochte es sehr, farbliche Experimente aller Art anzustellen. Das hatte Andy sehr leid für sie getan, denn Farben schienen in ihrer Welt so sehr von Bedeutung zu sein und für ihn waren sie im Grunde gleichgültig. Sein Vater hatte ihm aber in einem stillen Moment zugeflüstert, dass er ihn darum beneide, die Farben nicht wahrnehmen zu können, so sei das Leben in ihrem von der Mutter eingerichteten Haus sicherlich leichter zu ertragen, so meinte er jedenfalls.

Eine Kunstunterrichtstunde sollte aber Andys Leben eine überraschende Wendung geben. Der stets etwas schusslige Kunstlehrer Mr. Martin reichte in einer Stunde ein Farbfoto von Munchs „Der Schrei" herum. Als das Bild vor Andy lag, geriet seine Welt ins Wanken. Der Himmel war weder schwarz noch weiß, noch grau, sondern hatte für Andy etwas Undefinierbares; etwas, das er zuvor noch nie gesehen hatte. Sollte er etwa anfangen, endlich richtig sehen zu können?

Doch nicht nur dieser leise Verdacht, der sachte unter der Oberfläche blubberte, sondern auch dieses ungeheure Kunstwerk, das vor ihm lag, erschütterte Andys Seele. Es berührte ihn auf eine Art, wie er es nicht für möglich gehalten hatte.

Diese Linien, dieses verzerrte Gesicht, dieser Ausdruck des Leides, der Angst ließen sein Herz für eine Millisekunde aussetzen. Und so gleichgültig ihm Farbe und Kunst zuvor gewesen waren, umso mehr wünschte er sich nun, endlich Farben sehen und fühlen zu können. Das volle Ausmaß dieses Bildes wollte er begreifen können. Es war das erste Mal, dass er eine Kunststunde förmlich aufsog. Nichts wollte er verpassen, nichts sollte ihm entgehen von Munch und seinem herzsprengenden Schrei. Und dieser Himmel, was war nur mit diesem Himmel? Diese Farbe.

Kaum war die Schule zu Ende, eilte er umgehend zur Stadtbibliothek. Rasch fand er einen Bildband von Munch und ließ sich mit diesem für ihn heiligen Buch auf der bequemen Ledercouch nieder. Er sog die Bilder förmlich auf und tatsächlich: Jedes Bild schien eine farbliche Komponente aufzuweisen, die er zuvor nicht hatte wahrnehmen oder unterscheiden können. Seine Welt war nicht einfach nur mehr schwarz-weiß-grau. Als die Bibliothek schloss und er jedes Bild immer und immer wieder angestarrt hatte, fielen ihm auch auf seinem Heimweg hie und da ein paar Farbkleckse auf. Benommen von den unfassbaren Ereignissen und Entwicklungen des Tages, fiel er in einen ruhigen, traumlosen Schlaf mit dem innigen Wunsch im Herzen, alle Farben der Welt schon bald wahrnehmen zu können. Nur so konnte er sicher sein, Munchs Bilder noch besser erfassen zu können.

Auch am nächsten Tag verschlug es ihn wieder in die Stadtbibliothek. Er wusste zwar, dass Bildbände eigentlich nicht verliehen werden durften, aber Andy wollte sein Glück dennoch versuchen. Schon allein, um seine Mutter endlich einzuweihen. Sie könnte ihm vielleicht die Farben erklären, die er mittlerweile wahrnehmen konnte. Am Schalter fragte er höflich, ob es in Ordnung gehe, wenn er sich ausnahmsweise einen Bildband für einen Tag ausborge. Die Bibliothekarin, eine gutmütige ältere Dame mit Perlenkette, zwinkerte ihm verschwörerisch zu und flüstere nur, dass sie aber seinen Namen benötige. „Andy Warhol", entgegnete der Junge vor Glück strahlend.

(Alle Angaben sind frei erfunden.)

Der Mondmann

Lucie war wie üblich von selbst wach geworden. Als die ersten zarten Sonnenstrahlen durch die Ritzen der Rollläden ihr Näschen kitzelten, hüpfte sie in ihrem gepunkteten Schlafanzug aus dem Bett, drückte noch einmal ihren Teddy an sich, bevor sie in ihre rosa Pantoffeln schlüpfte und aus ihrem Zimmer, die Treppen nach unten huschte. Doch kurz vor der großzügigen, offenen Küche hielt sie inne. Ihre Eltern unterhielten sich gerade über sie.

„Ich mache mir wirklich große Sorgen um Lucie", hörte sie ihre Mutter sagen, während diese dem Geräusch nach gerade Kaffee aufsetzte.

„Mhm", hörte sie ihren Vater grummeln.

„Ist das alles, was du zu sagen hast? Als ich gestern Abend an ihrer Zimmertür vorbeigelaufen bin, habe ich sie wieder Selbstgespräche führen hören. Ich habe mindestens fünf Minuten vor der Tür gestanden. Lucie hat nicht aufgehört zu reden. Das ist doch nicht normal. Sie wird bald elf."

Beschämt zuckte Lucie zurück. Ja, das stimmte, sie führte ganz lange Gespräche mit dem Mondmann. Sie ließ immer absichtlich lange die Rollläden offen, manchmal vergaß sie sogar, sie zu schließen. Der Mond schien direkt durch ihr Zimmerfenster und sie hatte freie Sicht auf ihn. Und sie liebte es. Sie liebte es, dem Mondmann von ihrem Tag, ihren Erlebnissen, ihrem Leben zu erzählen. Er war ein stummer Zuhörer und treuer Freund, der sie unablässig in sein wohltuendes blasses Gelb eintauchen ließ und ihr ein Gefühl absoluter Vertrautheit und Geborgenheit vermittelte. Er lauschte schweigsam und geduldig ihren Geschichten; vor allem wenn Vollmond war, war er ein außerordentlich guter Zuhörer. Schlechter war es in Nächten, wenn es arg bewölkt war. Letztens hatte sie ihm anvertraut, dass ihre beste Freundin Katja einen Radiergummi in einem Gemischtwarenladen gestohlen hatte. Lucie war sich nicht sicher, wie sie damit umgehen sollte. Gutheißen konnte sie das Verhalten von Katja nicht, aber sie war schließlich ihre Freundin. Zu einem richtigen Ergebnis waren der Mondmann und sie zwar nicht gekommen, aber es hatte gutgetan, dieses Geheimnis nicht ganz alleine mit sich herumtragen zu müssen. Dass es aber so weit kam, dass sich ihre Eltern Sorgen um sie machten, tat ihr unheimlich leid.

Und es bestätigte sie auch in ihrem Verdacht, anders als die anderen zu sein. Ihre Mitschüler gaben ihr ohnehin schon seit längerer Zeit das Gefühl, der Sonderling in der Klasse zu sein. Ihr war nicht bewusst, dass sie tatsächlich so seltsam war. Sogar ihre eigene Mutter hielt Lucies Verhalten für unnormal. Wie schrecklich. Viel zu betrübt für einen Sonntagvormittag schlich sie wieder nach oben in ihr Zimmer. Verdrossen zog sie die Zimmertür hinter sich zu und schwor sich schweren Herzens, von jetzt an die Gespräche mit dem Mondmann sein zu lassen.

„Dich interessiert es also nicht, dass unsere Tochter

Selbstgespräche führt", hakte Lucies Mutter nach.

„Marianne, jetzt sei unbesorgt. Das ist sicherlich nur eine Phase. Da fällt mir ein: Wir müssen übrigens noch unsere Termine für nächste Woche abgleichen."

Marianne hatte ihr Handy mit all ihren Terminen stets griffbereit zur Hand, genauso wie Heinrich. „Heinrich, kannst du Lucie am Montag vom Ballett abholen? Ich habe einen Friseurtermin."

„Nein, da habe ich ein Meeting."

„Dann soll sich das Au-pair-Mädchen darum kümmern. Am Mittwoch hat Lucie Tennis."

„Brigitte kann sie sicher wieder mitnehmen. Ihre Tochter spielt ja jetzt auch im selben Verein."

„Am Donnerstag hat Lucie übrigens noch ein kleines Geigensolo in der Schule."

„Donnerstagabend kann ich auch nicht. Ein ganz wichtiges Geschäftsessen. Aber das Au-pair-Mädchen kann ja hingehen. Hoffentlich gewöhnt sich Lucie nicht zu sehr an sie. Sie ist nur noch einen Monat da."

„Und wegen Lucies Selbstgesprächen?"

„Machen wir vorerst nichts. Das legt sich. Wenn sie Probleme hat, kann sie jederzeit zu uns kommen. Das weiß sie."

Sternschnuppe

für Micha

Mit ungläubigem Blick starrte sie aus der riesigen Fensterfront ihres Lieblingscafés „Le Miracle", als ihre kleine Tochter weniger ungläubig als vielmehr vor Freude jauchzend die dargebotene Szenerie mit ekstatischem Rufen untermalte: „Mama, Mama! Schau mal!" Nichts anderes tat Beate, genauso wie alle anderen Gäste, deren Bewegungen wie versteinert und deren Gespräche verstummt waren. Einzig Michas Freudenrufe dröhnten durch das Café, als draußen in der Fußgängerzone ein Zebra vorbeitrabte, kurz innehielt, um sich zu orientieren, und dann gemächlich weiterspazierte, als hätte es diesen gemütlichen Stadtbummel schon seit Tagen geplant.

Erst drei Tage später sollte herauskommen, dass dieses Zebra bei einem äußerst unsauber abgewickelten Übergabeversuch an den städtischen Zoo abhandengekommen war und sich scheinbar eigenmächtig zunächst selbst ein Bild von der neuen Heimatstadt machen wollte.

Aber dies war nicht der entscheidende Punkt, der Beate an jenem Tag in eben diesem Café in genau diesem Moment so sehr bewegte. Anstatt auch nur einen Gedanken an die Auflösung des Sachverhaltes, wieso ein Zebra in der Fußgängerzone einkaufen ging, zu verschwenden, beschäftige Beate viel mehr das Gespräch, das sie mit ihrer kleinen Tochter gerade erst am Vortag geführt hatte.

In einem Anflug von Melancholie hatte es sich Beate auf ihrer geblümten Chaiselongue im Wintergarten zusammen mit einer Tasse dampfenden Tees gemütlich gemacht. Sie hatte ins Leere gestarrt und sich immer wieder gefragt, ob sie Schuld daran hatte, dass ihre Ehe in die Brüche gegangen war. Dass ihr Mann ausgezogen und bereits glücklich mit seiner Neuen liiert war. Aber wer konnte wissen, wie lange die beiden schon eine Affäre hatten. Sie hatte sich in diesem Moment so sehr gewünscht, die wütenden Streitereien, das lähmende Schweigen und die unzähligen Anschuldigungen der letzten Monate ungeschehen zu machen.

Düstere Gedanken hatten Beate also umhergetrieben, als ihr kleiner Sonnenschein zur Türe hereinspaziert war: „Mama! Mama! Wir müssen Kastanien suchen gehen!" „Nein, Kleines. Jetzt nicht! Mama ist müde. Sie unternimmt morgen etwas mit dir." Micha hatte ihre Mutter einen Moment schweigend angeschaut, bevor sie auf sie zugesteuert war, ihre Arme weit ausgebreitet hatte, sie um sie geschlungen und ihr ins Ohr geflüstert hatte: „Du siehst traurig aus. Ist was passiert?" So feinfühlig war dieses wundervolle Wesen, dass es Beate immer wieder die Sprache verschlug. „Nichts. Du musst dir keine Sorgen machen. Ich denke nur gerade, wie schön es wäre, wenn man einen Wunsch frei hätte." Ein begeisterter Glanz hatte Michas Augen erleuchtet: „Da kann ich dir helfen." Schon war sie aus dem Zimmer verschwunden, nur um wenige Augenblicke später wieder mit einer kleinen hölzernen Schatulle vor Beate zu stehen. Feierlich hatte sie Beate das feine Kästchen überreicht. Ohne recht zu wissen, was Beate damit anfangen sollte, hatte sie es angenommen und ihre Tochter fragend angesehen. Die Erklärung war auf dem Fuße gefolgt. „Im Sommer war es doch so heiß. Und einmal konnte ich überhaupt nicht schlafen. Dann hab' ich aus dem Fenster geguckt. Das war so ein schöner Sternenhimmel. Alles hat so schön gefunkelt. Und dann hab' ich 'ne Sternschnuppe gesehen. Dieses Kästchen lag Gott sei Dank gerade auf der Fensterbank. Ich hab's blitzschnell aufgemacht und in einiger Entfernung vor mich hingehalten. Stell dir vor: Die Sternschnuppe ist genau in das Kästchen gefallen. Dann hab' ich es natürlich sofort zugemacht. Die Sternschnuppe ist immer noch da drin! Und sie gehört jetzt dir. Du musst das Kästchen öffnen und dir was wünschen."

Lächelnd war Beate den Ausführungen ihrer kleinen Tochter gefolgt. Mit welcher Begeisterung und Freude sie von alltäglichen Dingen berichtete, wärmte ihr immer wieder aufs Neue ihr Herz. Auch dass sie noch so unbedacht an alles glaubte, was nicht existierte: an den Weihnachtsmann, den Osterhasen und an Wünsche bei Sternschnuppen.

„Nein, mein Schatz. Es ist doch deine Sternschnuppe. Wünsch du dir etwas."

„Aber du hast so traurig ausgesehen."

„Vorhin. Aber jetzt, wo du mir diese schöne Geschichte erzählt hast, bin ich nicht mehr traurig. Und so wie ich dich kenne, hast du doch bestimmt schon eine Idee für einen Wunsch."

Micha hatte sich etwas gewunden und man hatte ihr

deutlich ansehen können, dass sie mit sich gekämpft hatte. Immerhin hatte sie ihrer Mutter die Schatulle ja gerade eben geschenkt, doch hatte diese nun wirklich überhaupt keinen niedergeschlagenen Eindruck mehr gemacht.

„Ich hätte wirklich einen Wunsch!"

„Na los, dann wünsch es dir", hatte Beate entgegnet und ihr das Holzkistchen hingehalten. Nur zögernd hatte Micha es entgegengenommen und gesagt: „Ich würde so gern mal ein Zebra in echt sehen. Nicht nur auf Fotos oder im Fernsehen."

Beate hatte nur mit den Augen gerollt und gemeint: „Wir haben uns schon mal über Zoos unterhalten. Und du weißt genau, dass ich da nicht hin mag. Die armen Tiere sind den ganzen Tag eingesperrt. Das kann ich mir nicht ansehen." Enttäuscht hatte Micha auf das Kistchen geschaut und Beates Herz zum Schmelzen gebracht: „Na los. Jetzt wünsch es dir. Vielleicht geht ja dein Papa mit dir in den Zoo." Das hatte Micha getröstet. Ernst hatte sie daraufhin den Deckel geöffnet, während sie erhobenen Hauptes und mit feierlicher Stimme sagte: „Ich wünsche mir, ein Zebra zu sehen. Im wirklichen Leben."

Beate hatte geschmunzelt: „Aber sei bitte nicht zu enttäuscht, wenn es nicht klappt. Nicht alle Wünsche können in Erfüllung gehen."

Bitter hatte sie wieder an ihren Exmann gedacht und zugleich hatte sie sich innerlich gescholten, dass sie ihrer Tochter diesen Wunsch schlecht geredet hatte. Doch Micha hatte auf ihre unnachahmliche Art nur gelächelt und gemeint: „Mama. Du musst auch daran glauben, dann geht es ganz bestimmt in Erfüllung."

Und nun saßen die beiden also im besagten Café, starrten immer noch aus dem Fenster und guckten dem in der Ferne verschwindenden Zebra hinterher. Beate hatte es restlos die Sprache verschlagen. Das war doch nicht möglich! Micha aber setzte nur wieder ihr verschmitztes Grinsen auf: „Hab' ich dir doch gesagt, Mama. Du musst nur daran glauben."

Franja Zisker-Schneider

Laut eigenen Angaben fing sie zu schreiben an, sobald sie einen Stift halten konnte. Sprachen waren für sie immer von großer Bedeutung, deswegen studierte sie auch Germanistik und Romanistik in Regensburg und in Clermont-Ferrand.

Die Idee, ein Buch mit gesammelten Kurzgeschichten zu schreiben, schwebte ihr schon seit geraumer Zeit durch den Kopf. Schließlich entschied sie sich dafür, diese in die Tat umzusetzen. Sie hofft, dass Sie, liebe Leser, so viel Freude beim Lesen haben, wie sie selbst sie beim Schreiben hatte.